戦国ベースボール

開幕！　地獄甲子園vs武蔵＆小次郎

りょくち真太・作
トリバタケハルノブ・絵

集英社みらい文庫

桶狭間《おけはざま》ファルコンズ

OKEHAZAMA Falcons

5番《ばん》・セカンド
十文字《じゅうもんじ》槍《やり》の名手《めいしゅ》
真《さな》田《だ》幸《ゆき》村《むら》
2番《ばん》・センター
伝《でん》説《せつ》の女《おんな》地《じ》頭《とう》
井《い》伊《い》直《なお》虎《とら》
3番《ばん》・ショート
折《お》れないチームプレー
毛《もう》利《り》元《もと》就《なり》
8番・サード
すて身《み》の独《どく》眼《がん》竜《りゅう》
伊《だ》達《て》政《まさ》宗《むね》
7番《ばん》・レフト
最《さい》強《きょう》のかぶき者《もの》
前《まえ》田《だ》慶《けい》次《じ》
6番《ばん》・キャッチャー
粘《ねば》りの名《めい》人《じん》
徳《とく》川《がわ》家《いえ》康《やす》

厳流島《がんりゅうじま》ソードマスターズ

厳流島 SWORD MASTERS

7番《ばん》・ショート
秘技《ひぎ》・夢想剣打法《むそうけんだほう》
伊東一刀斎《いとういっとうさい》
1番《ばん》・センター
燃《も》える刀剣《とうけん》バットマン
上泉信綱《かみいずみのぶつな》
6番《ばん》・レフト
鹿島新古流安打職人《かしましんこりゅうあんだしょくにん》
塚原卜伝《つかはらぼくでん》
9番・セカンド
キセルバットうなる天下《てんか》の大泥棒《おおどろぼう》
石川五右衛門《いしかわごえもん》
5番《ばん》・ライト
欧州《おうしゅう》の英雄助《えいゆうすけ》っ人《と》
アーサー王《おう》

戦国《せんごく》ベースボール SENGOKU-BASEBALL

開《かい》幕《まく》！ 地《じ》獄《ごく》甲《こう》子《し》園《えん》vs武蔵《むさし》＆小《こ》次《じ》郎《ろう》

1章《しょう》 地《じ》獄《ごく》甲《こう》子《し》園《えん》開《かい》幕《まく》 7

2章《しょう》 強《きょう》敵《てき》・剣《けん》豪《ごう》オールスターズ 49

3章《しょう》 信《のぶ》長《なが》の夢《ゆめ》 89

4章《しょう》 武蔵《むさし》の意《い》地《じ》と小《こ》次《じ》郎《ろう》の執《しゅう》念《ねん》 127

5章《しょう》 一《いっ》生《しょう》懸《けん》命《めい》 181

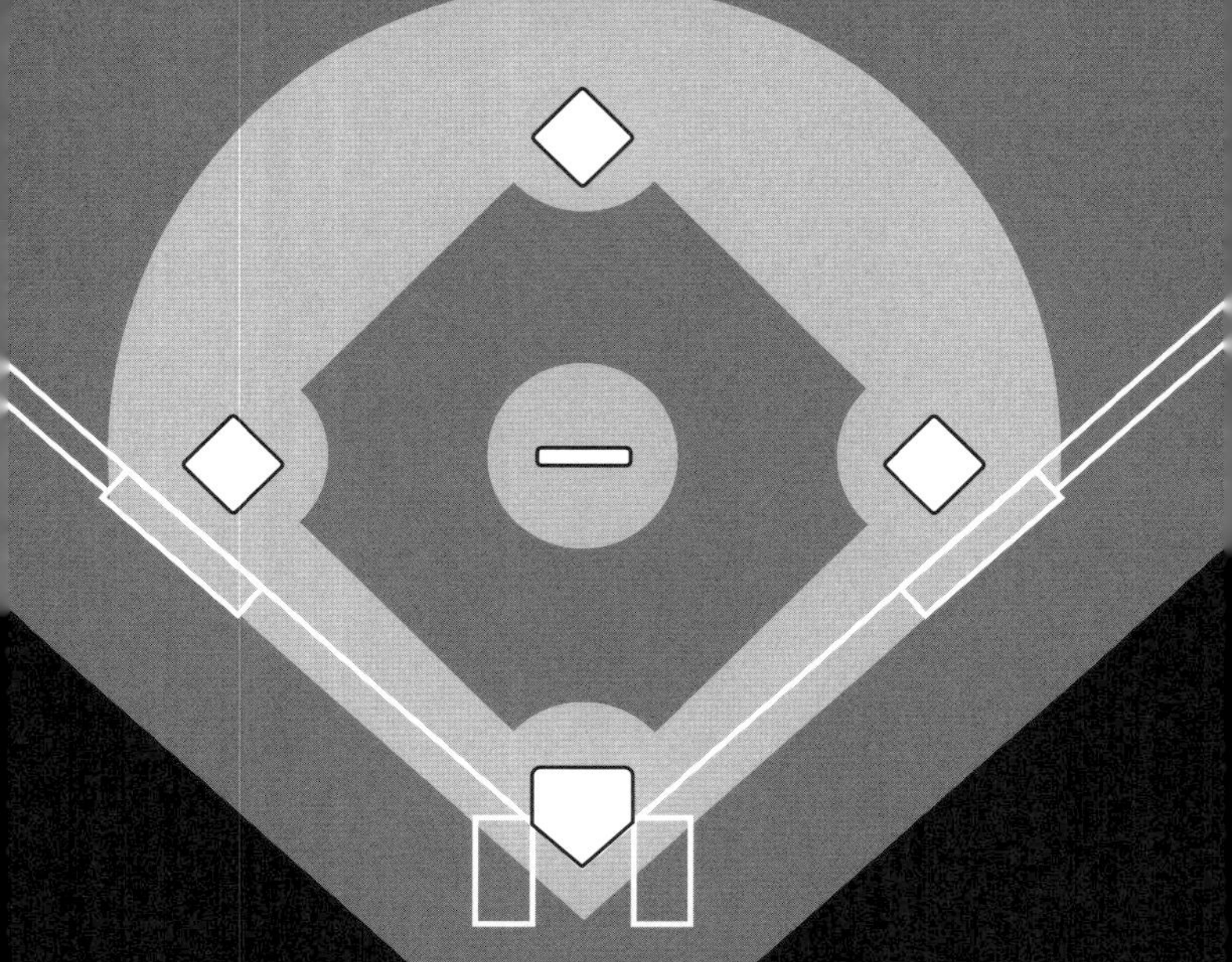

1章《しょう》 地《じ》獄《ごく》甲《こう》子《し》園《えん》開《かい》幕《まく》

47都道府県代表チーム
決　定

試合開始までもうしばらく
お待ちください

天上一品
ラーメン
安い! 早い!
長い!

毎日をおいしくする
戦国乳業

詳細はみらい文庫ホームページへ!

遠《とお》いむかし、戦国時代《せんごくじだい》。当時《とうじ》の日本《にほん》は乱《みだ》れていました。世《よ》の中《なか》を支配《しはい》していた幕府《ばくふ》の力《ちから》が弱《よわ》まっていたためです。

戦国武将《せんごくぶしょう》たちは、自分《じぶん》こそ平和《へいわ》な世《よ》をつくってみせる、と戦《いくさ》をくりかえしましたが、それはかえって民衆《みんしゅう》をくたくたにつかれさせていました。

やがて地上《ちじょう》はたくさんの犠牲《ぎせい》の上《うえ》に平定《へいてい》されますが、しかし戦国武将《せんごくぶしょう》たちは死《し》んで地獄《じごく》にいってしまっても、そこを安《やす》らぎのある場所《ばしょ》にする、といってあらそいをやめません。

でも、彼《かれ》らは現世《げんせ》で学《まな》びました。合戦《かっせん》では犠牲《ぎせい》を生《う》むだけ。

そこで戦国武将《せんごくぶしょう》たちは考《かんが》えます。せめて地獄《じごく》ではそれをなくしたい。同《おな》じ戦争《せんそう》でも、せめて平和的《へいわてき》にあらそいたいと。

そして地上《ちじょう》でおこなわれている、あるスポーツを見《み》て思《おも》いつきました。これなら平和《へいわ》を乱《みだ》さずに戦《いくさ》ができて、しかもおもしろそうだ。

そうして彼《かれ》らが選《えら》んだあらそいの手段《しゅだん》が、野球《やきゅう》でした。

地獄《じごく》

「ふいー。もう無理《むり》でござる」

「わたしも、限界《げんかい》だ……」

そんな声《こえ》が聞《き》こえてくるのは、地獄《じごく》の一丁目《いっちょうめ》スタジアム。そして話《はなし》をしているのは、ここを本拠地《ほんきょち》にしている野球《やきゅう》チーム、『桶狭間《おけはざま》ファルコンズ』の真田幸村《さなだゆきむら》と伊達政宗《だてまさむね》です。

「いくら地獄《じごく》でも、毎日《まいにち》が地獄《じごく》の特訓《とっくん》じゃ、たまらんでござるよ」

「本当《ほんとう》に。この練習量《れんしゅうりょう》だと、そのうちまた死《し》んでしまう」

ふたりはそういってグランドにへたりこみますが、

「なんじゃなんじゃ、歴戦《れきせん》の戦国武将《せんごくぶしょう》がなさけない！」

そう声《こえ》をかけるのは、ファルコンズの副《ふく》キャプテン、おサルそっくりの豊臣秀吉《とよとみひでよし》です。

「ワシらファルコンズは、『地獄《じごく》に戦国武将《せんごくぶしょう》のチームあり』といわれ、他《ほか》のチームからおそれられておるのじゃぞ！　この程度《ていど》で音《ね》をあげるとはなにごとか！」

秀吉《ひでよし》は腰《こし》に手《て》をあてていかります。今日《きょう》は練習《れんしゅう》にキャプテンの織田信長《おだのぶなが》がいないので、とてもいきいきしているのです。

しかし、そんなよゆうの秀吉《ひでよし》を高《たか》い場所《ばしょ》から見《み》つめる影《かげ》がひとつ。

「ふはははは。あいかわらずだな、秀吉《ひでよし》よ」

「な、なにっ！　誰《だれ》じゃ！　どこにおる！」

あわててまわりを見《み》る秀吉《ひでよし》。するとグランドをかこっている高《たか》い壁《かべ》の上《うえ》に、あやしい人《ひと》影《かげ》を見《み》つけます。

「あっ！　おぬしは！」

秀吉《ひでよし》は指《ゆび》をさしました。見《み》つけたそのひとは、ファルコンズの戦国武将《せんごくぶしょう》と同《おな》じように鎧《よろい》を着《き》ていて、ちょっと気《き》むずかしそうな感《かん》じのする人物《じんぶつ》です。

「ふふふ……。ようやく気《き》がついたか」

「――誰《だれ》じゃっけ？」

「くっ……！」

そのひとはくやしそうにして秀吉《ひでよし》をにらみつけて、自分《じぶん》を指《ゆび》さしました。

「それがしじゃ、それがしっ！　明智光秀《あけちみつひで》！」

「あ、ああ……。そういえば……。明智光《あけちみつ》……彦《ひこ》？　そんなヤツもおった……っけ」

「明智光秀《あけちみつひで》だ！『なかなか思《おも》いだせない』みたいないいかたをしやがって！　このサル！」

明智光秀《あけちみつひで》は怒《おこ》った声《こえ》をあげると、はしごを使《つか》って壁《かべ》からゆっくりおりてきます。

カッコよく飛《と》びおりるんじゃないんだ……。ファルコンズのみんなはそんな視線《しせん》で明智《あけち》光秀《みつひで》を見《み》つめますが、本人《ほんにん》は気《き》にしません。

明智光秀《あけちみつひで》はグランドまでおりると鎧《よろい》をパンパンと払《はら》って、キッと秀吉《ひでよし》を見《み》ました。でも秀吉《ひでよし》は首《くび》をかしげます。

「して、なんの用《よう》じゃ、明智光《あけちみつ》……久《ひさ》？」

「光秀《みつひで》じゃっ！　秀吉《ひでよし》、おぬし、わざとやっとるじゃろ！」

「やかましいヤツじゃ。用件《ようけん》があるならはやくいえい」

「くっ……。……まあいいわい。今日《きょう》の用事《ようじ》は他《ほか》でもない！」

明智光秀《あけちみつひで》はフンと鼻《はな》を鳴《な》らすと、持《も》っていた手紙《てがみ》を秀吉《ひでよし》に渡《わた》しました。

「なんじゃ、これ」

「ファルコンズへの挑戦状《ちょうせんじょう》じゃ」

「挑戦状《ちょうせんじょう》？」

「さよう。ワシはこのたび、『本能寺《ほんのうじ》ファイアーズ』という野球《やきゅう》チームをつくった！　すべては信長《のぶなが》とおぬしに復讐《ふくしゅう》するためじゃ！　今日《きょう》は信長《のぶなが》がおらぬようじゃが、覚悟《かくご》しておけと伝《つた》え……」

「えー、試合《しあい》？　無理《むり》じゃよ、無理無理《むりむり》」

秀吉《ひでよし》は首《くび》を横《よこ》にふります。

「ム、無理《むり》なものか、秀吉《ひでよし》よ！　ワシは打倒《だとう》ファルコンズのために、球団《きゅうだん》までつくったんじゃぞ！　さっさと試合《しあい》の日《ひ》どりをきめようではないか！」

「じゃから無理《むり》だって。いまはピッチャーの本多忠勝《ほんだただかつ》が山《やま》ごもり中《ちゅう》なんじゃや。ワシらはいま八人《にん》しかおらんからのう。試合《しあい》は断《ことわ》っておる。あやつは山《やま》にこもると、つぎにいつ姿《すがた》を見《み》せるかわからん」

「きーっ！」

明智光秀《あけちみつひで》はくやしそうに、足《あし》ぶみしました。

「本能寺《ほんのうじ》の変《へん》から約《やく》４５０年《ねん》……。謀反《むほん》を起《お》こして信長《のぶなが》はたおせたものの、すぐにおぬしにやられてしまった……。三日天下《みっかてんか》と呼《よ》ばれたあのくやしさを、せめて野球《やきゅう》ではらそうとがんばってきたのに……。サルが相手《あいて》では話《はなし》にならぬ……」

「失礼《しつれい》なヤツじゃ、明智光人《あけちみつひと》。だいたい、たとえ野球《やきゅう》の試合《しあい》でおぬしが勝《か》ったとしても、歴史《れきし》が変《か》わるわけでもあるまい。終《お》わったことをくやむより、もっと前《まえ》むきに死《し》んだらどうじゃ」

「……それがしは明智光秀《あけちみつひで》じゃ。失礼《しつれい》なのはどっちだ……」

明智光秀《あけちみつひで》がガックリとグランドに手《て》をついたところで、

『ぐはははは！　地獄《じごく》のしょくん！　こんにちは！』

そんな声《こえ》が、空《そら》から降《ふ》ってきます。

「な、なんじゃ、なにごとじゃ！」

ファルコンズは全員《ぜんいん》が上《うえ》をむきます。なぜならその声《こえ》には、明智光秀《あけちみつひで》とはくらべものにならないほどの迫力《はくりょく》があったからです。

そして全員《ぜんいん》が目《め》をむけた真上《まうえ》には、とてもこまかい柄《がら》の和服《わふく》を着《き》て、すごくえらそうなぼうしをかぶったひとがいました。その姿《すがた》はとても大《おお》きく、たぶん地獄《じごく》のどこにいても見《み》えるほどです。

でもこれ、誰《だれ》だろう。いやにえらそうな口調《くちょう》だけど……。ファルコンズのみんなは、きょとんとしています。しかし……。

「あ、あれは……。もしかして超閻魔大王《ちょうえんまだいおう》か……」

秀吉《ひでよし》は、そのサルのような赤《あか》い顔《かお》を、真《ま》っ青《さお》にしてつぶやきました。こめかみには、冷《ひ》や汗《あせ》まで流《なが》れています。

「なんじゃ、秀吉《ひでよし》。超閻魔大王《ちょうえんまだいおう》とは」

明智光秀《あけちみつひで》がたずねました。

「う、うむ。ワシも古《ふる》い本《ほん》で読《よ》んだだけじゃが……」

そういって秀吉《ひでよし》は、超閻魔大王《ちょうえんまだいおう》について説明《せつめい》をはじめました。

それによると超閻魔大王《ちょうえんまだいおう》とは、地獄《じごく》どころかこの世《よ》のすべてを支配《しはい》する、とんでもない

力《ちから》の持《も》ちぬしだということです。たいくつが大《だい》きらいで、かつては地獄《じごく》を荒《あ》らしまわっていました。

超閻魔大王《ちょうえんまだいおう》はその力《ちから》で空《そら》を赤黒《あかぐろ》く塗《ぬ》りかえたりと、地獄《じごく》のありとあらゆる場所《ばしょ》を自分《じぶん》の好《す》きなように改造《かいぞう》しました。地獄《じごく》が『こわい場所《ばしょ》』というイメージになったのも、このときからです。

このところは現世《げんせ》の甲子園《こうしえん》を見《み》るのにハマっているらしく、ぜんぜん姿《すがた》をあらわさなかったようですが……。

『じつはのう、最近《さいきん》は現世《げんせ》の甲子園《こうしえん》も見《み》おわって、またワシはたいくつしておったのだ。そしてつぎはなにをしようかと、過去《かこ》からいままでの日記《にっき》をめくっているうちに、あることに気《き》がついた』

超閻魔大王《ちょうえんまだいおう》はヒゲをさすります。

『それは歴史《れきし》のたいくつさじゃ。長《なが》い長《なが》い年月《ねんげつ》をかけて、ちょっとずつしか変《か》わらぬ。こんなたいくつなことがあっていいのかと思《おも》ったとき、ワシはふと考《かんが》えついた』

いったいなにを考《かんが》えついたんだろう……。秀吉《ひでよし》たちは悪《わる》い予感《よかん》がとまりません。

『それは「歴史《れきし》のやりなおし」じゃ。これはすばらしいと思《おも》わんか？　もう会《あ》えないひとに会《あ》えたり、死《し》ぬはずの人間《にんげん》をすくうこともできる。もちろん、天下《てんか》の統一《とういつ》だってできるかもしれぬぞ』

「ま、待《ま》て待《ま》て待《ま》て！」

秀吉《ひでよし》は空《そら》にむかって叫《さけ》びます。

「とんでもないことをいうでないわ！　歴史《れきし》とはやりなおしがきかないからこそ、価値《かち》があるものじゃ！　少《すこ》しずつつくりあげた、みんなが生《い》きた証《あか》しじゃぞ！」

秀吉《ひでよし》は必死《ひっし》で抗議《こうぎ》しますが、しかし超閻魔大王《ちょうえんまだいおう》には届《とど》きません。

『ただ、やはり誰《だれ》にでも歴史《れきし》をやりなおしさせるわけにもいかぬ。歴史《れきし》を変《か》えたいヤツは大勢《おおぜい》いるじゃろう。じゃからヒマつぶし……、じゃなかった。全員《ぜんいん》へ公平《こうへい》にチャンスがあたえられるのはなんだろうとワシは考《かんが》え、そこで……』

超閻魔大王《ちょうえんまだいおう》はここで言葉《ことば》を区切《くぎ》ります。みんなが息《いき》を飲《の》んでいると、

『**地獄甲子園《じごくこうしえん》の開催《かいさい》を決定《けってい》したっ！**』

超閻魔大王《ちょうえんまだいおう》は地上《ちじょう》にドーンとカミナリをおとして、そんなことを大声《おおごえ》でいいました。

『開催《かいさい》は準備《じゅんび》がととのいしだいおこなう。そして優勝《ゆうしょう》したチームの主将《しゅしょう》にだけ、好《す》きな時代《じだい》へいって歴史《れきし》を変《か》えるチャンスをやろう。さあ、強《つよ》い者《もの》たちよ、集《あつ》まるがいい！　せいぜいワシをたいくつさせるなよ！』

超閻魔大王《ちょうえんまだいおう》がそこで言葉《ことば》を終《お》わらせると、空《そら》にうかんだ姿《すがた》はスッと消《き》えてしまいました。

「な、なんてことだ……」

秀吉《ひでよし》はがっくり地面《じめん》にひざをつきました。このままでは、みんながつくりあげた歴史《れきし》がやりなおしになってしまいます。

秀吉《ひでよし》のこめかみには冷《ひ》や汗《あせ》が流《なが》れますが、しかしうれしそうなのは明智光秀《あけちみつひで》です。

「きた……！　これこそがそれがしののぞんだもの……」

空《そら》にむかって両手《りょうて》をあわせ、晴《は》れやかな表情《ひょうじょう》でお祈《いの》りをしています。そしてクルッと秀吉《ひでよし》のほうをむいてビシッと指《ゆび》さすと、

「秀吉《ひでよし》よ！　それがしはその地獄甲子園《じごくこうしえん》で優勝《ゆうしょう》を目指《めざ》す！　これで貴様《きさま》もジ・エンドじゃ！

誰《だれ》にも、もう三日天下《みっかてんか》などとは呼《よ》ばせんぞ！　歴史《れきし》は塗《ぬ》りかわる！　それがしの手《て》によってな！」

明智光秀《あけちみつひで》はそう宣言《せんげん》し、フハハハ、と高《たか》らかなわらい声《ごえ》をあげます。そしてファルコンズに背中《せなか》をむけて帰《かえ》っていきました。でも無理《むり》してわらっていたのか、途中《とちゅう》でちょっとむせていました。

そうして明智光秀《あけちみつひで》の姿《すがた》が見《み》えなくなると、

「ど、どうするでござる、秀吉《ひでよし》どの！」

「うむ。さっきの話《はなし》じゃと、明智光秀《あけちみつひで》だけじゃなく、いろんなチームが地獄甲子園《じごくこうしえん》に参加《さんか》できるようじゃ！　誰《だれ》が優勝《ゆうしょう》しても歴史《れきし》が変《か》わってしまう！」

と、ファルコンズのみんなは秀吉《ひでよし》のまわりに集《あつ》まります。

「も、もちろん、そんなことは許《ゆる》さん！」

秀吉《ひでよし》はこたえ、ちょっと考《かんが》えたあとに、みんなを見《み》まわしていいました。

「……まあ、こうなればしかたないじゃろう。我《われ》らが地獄甲子園《じごくこうしえん》でなんとか優勝《ゆうしょう》して、歴《れき》史《し》が変《か》わらぬよう、時代《じだい》をもとのとおりに動《うご》かすしかないが……」

「な、なるほど……」

たしかにそうです。過去《かこ》にもどって歴史《れきし》を変《か》えられるのであれば、生《い》きていたときと同《おな》じように行動《こうどう》することで、歴史《れきし》を変《か》えないということもできるはずです。でも……。

「しかし、秀吉《ひでよし》どの」

徳川家康《とくがわいえやす》が手《て》をあげ、

「いまはわがファルコンズのピッチャー、本多忠勝《ほんだただかつ》が山《やま》ごもり中《ちゅう》。ワシらは八人《にん》しかおらず、地獄甲子園《じごくこうしえん》はもう間《ま》もなくじゃ！　いそいで助《すけ》っ人《と》を呼《よ》ばねば……」

そんな意見《いけん》をだしますが、秀吉《ひでよし》はニヤリとわらいました。

「それについては、考《かんが》えがある」

現世《げんせ》

山田虎太郎《やまだこたろう》は小学《しょうがく》六年生《ねんせい》。地元《じもと》の少年野球《しょうねんやきゅう》チームでピッチャーをしています。

内気《うちき》だけどとてもやさしい性格《せいかく》で、しかも実力《じつりょく》は折《お》り紙《がみ》つき。名門高校野球部《めいもんこうこうやきゅうぶ》のスカウトも注目《ちゅうもく》するほどです。

そんな虎太郎《こたろう》の、ある試合《しあい》の日《ひ》の朝《あさ》。

「試合《しあい》、がんばってね。応援《おうえん》しにいくから」

虎太郎《こたろう》を見送《みおく》ろうと、お母《かあ》さんが玄関《げんかん》にきてそういいました。口調《くちょう》はどこかウキウキしているようです。

「うん。がんばるよ。でも、仕事《しごと》あるんじゃないの？」

虎太郎《こたろう》はくつひもをむすびながら、うしろにいるお母《かあ》さんにこたえました。

「そんなこと、気《き》にしないでいいの。将来《しょうらい》のプロ野球選手《やきゅうせんしゅ》の試合《しあい》だもの。お母《かあ》さん、仕事《しごと》どころじゃないわ」

「プロ野球選手《やきゅうせんしゅ》なんて……。もう夢《ゆめ》じゃないよ」

虎太郎《こたろう》はくつひもをむすぶ手《て》をとめて、そういいました。

「えっ、そうなの？　あんなにプロになりたいっていってたのに」

「いまはもう、ちがうんだ。――ぼく、ユーチューバーになりたい」

「……ユ、ユーチューバー？」

お母《かあ》さんは考《かんが》えます。虎太郎《こたろう》の様子《ようす》がおかしいのはあきらかでした。だってついこの間《あいだ》までプロ野球選手《やきゅうせんしゅ》になりたいと、あれほど熱《あつ》い口調《くちょう》でいっていたのに……。もしかすると、虎太郎《こたろう》になにかあったのかもしれません。

「虎太郎《こたろう》、どうして野球選手《やきゅうせんしゅ》をあきらめたの？」

お母《かあ》さんはなるべくいつもの声《こえ》で虎太郎《こたろう》に聞《き》きました。

「あきらめたっていうか……。ふつうはそんなのに、なれっこないんだ。ぼくだって、それくらいわかるよ」

「でもね、虎太郎《こたろう》……」

「ごめん、もういくよ」

虎太郎《こたろう》はごまかすようにいって、たちあがりました。そして横《よこ》においていた野球《やきゅう》の道具《どうぐ》を持《も》ちあげますが、そのときに思《おも》いだしてしまいます。あの日、みんなが自分《じぶん》の話《はなし》でわらった顔《かお》を……。もうあんな思《おも》いはいやでした。

——だからもう、プロ野球選手《やきゅうせんしゅ》になるなんていわないんだ。

虎太郎《こたろう》はそう考《かんが》えながら、試合《しあい》のあるグランドにむかいました。

そして試合《しあい》

「たあっ！」

虎太郎《こたろう》が気合《きあ》いとともに投《な》げたボールは、

「ストライク！　バッターアウト！」

キャッチャーミットからパーンという音《おと》を鳴《な》らせて、これでゲームセット。虎太郎《こたろう》は相《あい》手《て》を0点《てん》におさえて、見事《みごと》にチームを勝利《しょうり》にみちびきました。

すると守備《しゅび》についていたみんなは大《おお》もりあがり。虎太郎《こたろう》にかけよってくると、

「やったな、虎太郎《こたろう》！」

「0点《てん》におさえるなんて！」

そういって、虎太郎《こたろう》の体《からだ》をバシバシたたきます。

「痛《いた》いよ、みんな。全員《ぜんいん》で勝《か》ったんだよ。ぼくだけの力《ちから》じゃないよ」

虎太郎《こたろう》は手荒《てあら》いお祝《いわ》いに、にがわらいでこたえました。そしてチラッとグランドの外《そと》を

見《み》てみると、そこではお母《かあ》さんも飛《と》びあがってよろこんでいます。

お母《かあ》さんは朝《あさ》の虎太郎《こたろう》に元気《げんき》がなかったから、ちょっと心配《しんぱい》していました。だからよけいに虎太郎《こたろう》の活躍《かつやく》がうれしいのです。しかも……。

「小学《しょうがく》六年生《ねんせい》で、あんな球《たま》を投《な》げるのはすごいな……」

「うむ……。ウチの野球部《やきゅうぶ》にぜひともほしい」

となりにはどこかの野球部《やきゅうぶ》のスカウトもいて、虎太郎《こたろう》の才能《さいのう》をほめちぎっていました。

これにはお母《かあ》さんも鼻高々《はなたかだか》。もっといってと、耳《みみ》をすませます。

「スピードもコントロールもいい。すごい実力《じつりょく》だ」

「ああ。あんな力《ちから》を持《も》っているなら、どこのスカウトも絶対《ぜったい》にほしがるぞ……」

再《ふた》び地獄《じごく》

「ほしいぞ……。あやつが……」

そんな現世《げんせ》にいる虎太郎《こたろう》たちの様子《ようす》を、空《そら》にひらけた窓《まど》からじっくりながめているのは豊臣秀吉《とよとみひでよし》です。横《よこ》には徳川家康《とくがわいえやす》もいました。

「まあ、時間《じかん》もない。今回《こんかい》も助《すけ》っ人《と》ピッチャーは、あいつでいいだろう」

秀吉《ひでよし》がそういうと、

「しかし秀吉《ひでよし》どの……。本当《ほんとう》にやるのか？」

徳川家康《とくがわいえやす》が、心配《しんぱい》そうな顔《かお》をして聞《き》きました。

「うむ。じゃって野球《やきゅう》の才能《さいのう》があって、今日死《きょうし》ぬ予定《よてい》のヤツって、このあたりじゃあいつしかいないんじゃもん。しょうがあるまいて」

「いや、そうではなくてな……」

「あ、作戦《さくせん》の話《はなし》かのう？　地獄《じごく》のお役所《やくしょ》で聞《き》いた情報《じょうほう》だと、あいつは夜《よる》、風呂《ふろ》ですべって頭《あたま》を打《う》ち、死《し》んでしまうことになっておる。で、そこでワシらの出番《でばん》ってわけじゃよ」

「そういうことでもなくてだな……。たしかに虎太郎《こたろう》クンの野球《やきゅう》の才能《さいのう》は申《もう》し分《ぶん》ないが、いくらなんでも、こんなに大事《だいじ》な大会《たいかい》の助《すけ》っ人《と》にするなど……。まだ子供《こども》じゃぞ」

「いいにきまっておる。それに、あいつにとっても悪《わる》い話《はなし》じゃないんじゃから。事情《じじょう》を話《はな》せば、かならず投《な》げてくれる」

秀吉《ひでよし》は胸《むね》をはりますが、徳川家康《とくがわいえやす》は（かわいそうに……）と、ため息《いき》をつきます。虎太《こた》郎《ろう》を待《ま》ちうける運命《うんめい》は、とても過酷《かこく》なものだとわかっているからです。

だって気《き》のやさしい虎太郎《こたろう》を無理矢理《むりやり》『地獄《じごく》』へこさせて、歴史《れきし》の未来《みらい》をかけた野球《やきゅう》をしてもらうなんて……。しかも見《み》ていたら、虎太郎《こたろう》にはなにやら悩《なや》みもありそうです。

徳川家康《とくがわいえやす》は、虎太郎《こたろう》を見《み》ながらこころの中《なか》であやまりました。

でもファルコンズは、そしてつくりあげてきたみんなの歴史《れきし》は、もう虎太郎《こたろう》に託《たく》すしかないのです。

天国《てんごく》か地獄《じごく》か

「――……い、おい、こら。起《お》きんか、虎太郎《こたろう》」

眠《ねむ》っていると、誰《だれ》かがぼくのほっぺたをペシペシとたたいた。

「ううん、宿題《しゅくだい》はもうやったよ……」

ちょっとうそをついて体《からだ》をまるめると、

「なにをいっとるんだ、ボケ。さっさと起《お》きろ」

今度《こんど》はまるめた背中《せなか》をコツンとけられた。こんなにすぐうそを見抜《みぬ》くなんて。母《かあ》さんよりもするどいヤツだ。

ぼくはしぶしぶ目《め》を覚《さ》ます。そして「なに……？」と、まぶたをゆっくり開《あ》けたら、

「おう、やっと起《お》きたか」

なんと目《め》の前《まえ》には鎧《よろい》を着《き》たサルがたっていて、声《こえ》のぬしはそいつだった。

「う、うわあああ！　サ、サルがっ！　サルがしゃべったっ！」

一気《いっき》に飛《と》びおきてうしろへのけぞると、サルは顔《かお》を真《ま》っ赤《か》にして、その場《ば》でドンドンと足《あし》ぶみをした。

「誰《だれ》がサルだ！　誰《だれ》が！　よく見《み》ろ！」

赤《あか》くなった顔《かお》はますますサルそっくりだけど……。どうやら、ちがうといっているみたい。ぼくはたちあがり、寝《ね》ぼけまなこでサルの顔《かお》をじっと見《み》る。でも……。

「や、やっぱりサルだあ！　しかも鎧着《よろいき》てる――――！」

ぼくはおどろいて、その場《ば》にへたりこむ。そして四《よ》つんばいになってサルの反対側《はんたいがわ》へ逃《に》

げだそうとしたけど、でもそこに誰《だれ》かいて、コツンと頭《あたま》をぶつけてしまう。

こんなときに、誰《だれ》だろう?

あせりながら見《み》あげてみると、そこにはひとりの女《おんな》の子《こ》がたっていた。スベスベの着物《きもの》を着《き》て羽《はね》の生《は》えたこの子《こ》は……。

「ひさしぶり、虎太郎《こたろう》クン!」

「き、君《きみ》は……」

見覚《みおぼ》えのあるこの子《こ》の名前《なまえ》はヒカル。天女見習《てんにょみなら》いで、いつもぼくにいろんなことを教《おし》えてくれる女《おんな》の子《こ》だ。でも……。

「でも、どうしてヒカルがここに?」

「そりゃ、虎太郎《こたろう》クンが死《し》んじゃったからだよ。残念《ざんねん》だったねっ」

「え?」

「でもだいじょうぶ! あたしが地獄《じごく》の案内《あんない》をするからね」

「え、え?」

「あと、そのひと、もっとよく見《み》て。最近《さいきん》じゃ、あたしも見《み》わけつかなくなってきてるけど、豊臣秀吉《とよとみひでよし》さんだよ、ほら。サルよりも、もうちょっと進化《しんか》してるっぽいでしょ？」

「え、え、え？」

「さよう。ワシは進化《しんか》したサル、あの大坂城《おおさかじょう》を築城《ちくじょう》した豊臣秀吉《とよとみひでよし》……。って、おい」

サルといわれた豊臣秀吉《とよとみひでよし》はヒカルにつっこんだ。けど、死《し》んだっていわれたぼくは、それどころじゃない。

「え、え、え、え、え、え、え？」

だって、地獄《じごく》って？　それに、豊臣秀吉《とよとみひでよし》？　豊臣秀吉《とよとみひでよし》って、豊臣秀吉《とよとみひでよし》？　でも、ぼくが知《し》っているその豊臣秀吉《とよとみひでよし》がいるってことは……。

ぼくはいやな予感《よかん》を覚《おぼ》えながら、ゆっくりとまわりを見渡《みわた》した。

すると、なんてことだろう。

ぼくはがくぜんとして、口《くち》をあんぐり開《あ》けてしまう。

だってここは家《いえ》のキッチンでも、いつものグランドでもなく、学校《がっこう》でも公園《こうえん》でもない。

見渡《みわた》す景色《けしき》は、空《そら》は赤黒《あかぐろ》くて、雲《くも》がむらさき色《いろ》。

ぼくがへたりこんでいるここは河川敷《かせんしき》のようだけど、横《よこ》を流《なが》れる川《かわ》は真《ま》っ黒《くろ》だ。反対側《はんたいがわ》を見《み》ると、頭《あたま》に角《つの》が生《は》えた鬼《おに》が、堤防《ていぼう》の上《うえ》でジャージを着《き》てジョギングしていた。

なんてことだろう。こんな奇妙《きみょう》な場所《ばしょ》は、知《し》っているかぎりあそこしかない。

そういえば……、そうだ。うっすら思《おも》いだしたぞ。

ぼくは家《いえ》のお風呂《ふろ》にはいっていて、それで石《せっ》けんをふんづけてすべっちゃったんだ。それでそのあとは……。いや、そのあとって、記憶《きおく》がない。

こめかみに汗《あせ》が流《なが》れる。だってそこからの記憶《きおく》がないってことは、それはヒカルのいうとおり……。

「う、うわあああああああ！」

ぼくはおもわず叫《さけ》んで、頭《あたま》をかかえてしまう。だって気絶《きぜつ》させられて地獄《じごく》にくることはたまにあったけど、死《し》んでまた地獄《じごく》にきちゃうなんて！

「ど、どうしよう。母《かあ》さんは今日《きょう》、すごいご機嫌《きげん》で、ごちそうつくってくれてるのに。それに、ぼくには将来《しょうらい》の夢《ゆめ》だって……」

夢《ゆめ》……。いや、もうあれは夢《ゆめ》じゃなくなったけど、それでも……。

「いやだ。まだ死《し》にたくないよ……」

手《て》をぎゅっとにぎってつぶやくと、

「山田虎太郎《やまだこたろう》よ。まだ生《い》きたいか」

そういって、秀吉《ひでよし》がコホンとせきばらいをした。

「うん……。そりゃ死《し》にたくないよ。でも、ここにきたってことは……」

あきらめが、声《こえ》にこもってしまう。いつもはもっとちがうかたちで地獄《じごく》につれてこられているけど、死《し》んだとなると……。

「まあ、そうじゃろうのう。しかし、生《い》きかえるチャンスがあるといったらどうじゃ？」

「チャ、チャンス？」

「うむ」

ニヤリとわらう秀吉《ひでよし》。ぼくは首《くび》をかしげて、そのサル……、秀吉《ひでよし》の前《まえ》に座《すわ》った。そばにはヒカルもきて、ぼくたちは秀吉《ひでよし》の説明《せつめい》を聞《き》く。

そしてその話《はなし》を聞《き》いている間《あいだ》、ぼくはおどろきっぱなしだった。

超閻魔大王《ちょうえんまだいおう》のこと。地獄甲子園《じごくこうしえん》のこと。その優勝特典《ゆうしょうとくてん》が、歴史《れきし》を変《か》えるチャンスだということ。そしてあの『本能寺《ほんのうじ》の変《へん》』の明智光秀《あけちみつひで》が、優勝《ゆうしょう》を目指《めざ》していること。

「………と、いう理由《りゆう》で、歴史《れきし》が変《か》わることはなんとしても阻止《そし》せねばいかん」

説明《せつめい》を終《お》えて秀吉《ひでよし》はいうけど、

「でも秀吉《ひでよし》さん、ぼく、そこがちょっとわからないんだけど……。歴史《れきし》が変《か》わっちゃったら、どうなるわけ？」

「そうじゃのう。たとえばだが……。歴史《れきし》が変《か》わって江戸幕府《えどばくふ》が現代《げんだい》までつづいてしまったら、もしかすると日本《にほん》から野球《やきゅう》がなくなってしまうかもしれん」

「え？　どうして？」

ぼくが聞《き》くと、

「江戸幕府《えどばくふ》は、外国《がいこく》との貿易《ぼうえき》を制限《せいげん》していたからだよ」

となりでヒカルがこたえてくれた。

たしかに野球《やきゅう》は外国《がいこく》から伝《つた》わったものだし、その行《い》き来《き》が少《すく》なくなるなら、なくなってもふしぎじゃない。いや、野球《やきゅう》だけじゃなくて、他《ほか》のことも……。

「それは……、困《こま》るね……」

ぼくは腕《うで》をくんだ。

だって野球《やきゅう》のことだけを見《み》ても、チームの仲間《なかま》とあんなに一生懸命《いっしょうけんめい》になれた思《おも》い出《で》も、いままでの苦《くる》しい練習《れんしゅう》も、ぜんぶなかったことになる。それに江戸幕府《えどばくふ》がまだつづいているかもしれないなら、もしかしてぼく、チョンマゲとかになっちゃうのかな。

「まあ、そこでたちあがったのが、ワシら戦国武将《せんごくぶしょう》ナイン、桶狭間《おけはざま》ファルコンズというわけじゃ」

秀吉《ひでよし》はいばった口調《くちょう》でいった。

「ワシらは歴史《れきし》の変更《へんこう》を阻止《そし》するため、地獄甲子園《じごくこうしえん》で優勝《ゆうしょう》し、歴史《れきし》をもとあったとおりに動《うご》かすことを目指《めざ》しておる。しかしながら、いまはピッチャーが山《やま》ごもり中《ちゅう》でのう……」

「そうなんだ。それでぼくが？」

「まあ、そういうこと。ワシは地獄《じごく》で魂《たましい》の管理《かんり》をしている。だから試合《しあい》で勝《か》てば、とくべつにおぬしを一度《ど》、現世《げんせ》にかえしてやれるし、地獄甲子園《じごくこうしえん》で優勝《ゆうしょう》したら完全《かんぜん》に生《い》きかえらせてやる。そしたら歴史《れきし》が変《か》わることもなくなるのじゃ。野球《やきゅう》も現世《げんせ》の日本《にほん》にのこるし、おぬしにとってはいい話《はなし》と思《おも》うがのう」

秀吉《ひでよし》はあごをつきだすと、「んん？」って感《かん》じでぼくを見《み》た。その表情《ひょうじょう》が、なんとなくおもしろくなかったけど、

「もちろん、やる。絶対《ぜったい》に生《い》きかえってやるんだ」

ぼくはくちびるをきゅっとむすんで、秀吉《ひでよし》に返事《へんじ》をした。

※

「うわあ……。ここが地獄甲子園球場《じごくこうしえんきゅうじょう》……」

ぼくは巨大《きょだい》な建物《たてもの》の前《まえ》にたって、それを見《み》つめる。

秀吉《ひでよし》につれてこられた地獄甲子園球場《じごくこうしえんきゅうじょう》は、現世《げんせ》のそれによく似《に》ていた。

とにかく大《おお》きくて、高《たか》い壁《かべ》がまるで円《えん》をえがくように、あっちからむこうにつらなっている。

でもそれは地獄《じごく》のふんいきとかさなって、なんだか魔王城《まおうじょう》みたいにも見《み》えた。壁《かべ》にから

まっているツタだって、意志《いし》があるようにウネウネ動《うご》いているし。こういうところは、さすが地獄《じごく》だ……。

そう思《おも》いながらツタをながめていると、

『ファルコンズのみんながきたよ！』

頭《あたま》の中《なか》にヒカルの声《こえ》がひびく。

『なにかあったら、こうしてテレパシーで伝《つた》えてあげるから。それより、ほら！』

ヒカルにいわれてふりかえってみると、そこにいたのは、いかにも強《つよ》そうな武将《ぶしょう》たち。

その中《なか》でも彼《かれ》らの真《ま》ん中《なか》で、ザッザッザッ、と足音《あしおと》を鳴《な》らしてこちらにくる、とくべつなオーラをはなつマントのひとがいる。あれは……。

「信長様《のぶながさま》！」

秀吉《ひでよし》がひれふした。そしてぼくはおもわず息《いき》を飲《の》む。

——織田信長《おだのぶなが》、やっぱりすごい迫力《はくりょく》だ……。

OKEHAZAMA
Falcons

風《かぜ》にマントをなびかせ、歴戦《れきせん》の戦国武将《せんごくぶしょう》たちをしたがえるその姿《すがた》は威風堂々《いふうどうどう》としていて、まるで背負《せお》うオーラが目《め》に見《み》えるようだ。魔王《まおう》といわれているだけあって、その見《み》た目《め》だけで、ただ者《もの》じゃないと思《おも》わせるほどだった。

「虎太郎《こたろう》」

信長《のぶなが》はぼくの名前《なまえ》を呼《よ》ぶ。それだけで背筋《せすじ》がのびる思《おも》いがした。

「よくきた。こちらの事情《じじょう》は聞《き》いたか？」

信長《のぶなが》はぼくの前《まえ》までくると、じっとこっちを見《み》ながらいった。ぼくはおそるおそる、それにうなずく。

「だ、だいたいは、ヒカルと秀吉《ひでよし》さんから……。それで、ぼくが投《な》げて、えっと……」

目《め》の前《まえ》からビンビン伝《つた》わってくる威圧感《いあつかん》がひさしぶりで、ぼくはついつい、しどろもどろになってしまう。こんなプレッシャーをはなつひとの前《まえ》で、ぼくは……。

「な、投《な》げられるかな……」

「自信《じしん》がないのか？」

信長《のぶなが》は問《と》いかけてきた。

「そ、そういうわけじゃ……」

「ならばよし」

信長《のぶなが》はいうと、ぼくの肩《かた》に手《て》をおいた。

「いいか、虎太郎《こたろう》よ。できないなどと思《おも》う必要《ひつよう》はない。世《よ》の中《なか》で達成《たっせい》されたすべての偉業《いぎょう》は、さいしょは不可能《ふかのう》といわれていたのだ。かんじんなのは、自分《じぶん》を信《しん》じることだ」

信長《のぶなが》は力強《ちからづよ》くいった。なんだか、自信《じしん》がわいてくるような言葉《ことば》だった。

「う、うん！」

ぼくは顔《かお》をあげる。

「がんばるよっ。なんとしても生《い》きかえりたいんだ。それに野球《やきゅう》ができなくなったら、ぼくだっていやだもん」

「そうか。たしかに貴様《きさま》がプロにすすむためにも、生《い》きかえらねばならんし、歴史《れきし》は変《か》えられんからな」

「――プロなんて……」

ぼくはおもわず、うつむいてしまった。

「どうした？」

「……ううん。……プロはもう目指《めざ》してないんだ。だけど、ぼくは死《し》ねない。だって母《かあ》さんが悲《かな》しむし、まだやりたいことだってある。だから、がんばる！」

「――……そうか。はげむがよい。しかし、それよりも……」

そういうと、信長《のぶなが》の目《め》がけわしくなる。そしてとなりの秀吉《ひでよし》をにらみつけた。

「ハゲネズミ！　貴様《きさま》、虎太郎《こたろう》をつれてくるのがおそすぎるわ！　もうすぐ試合開始《しあいかいし》ではないか！　そこへ、なおれ！」

「ひっ！」

秀吉《ひでよし》は短《みじか》い悲鳴《ひめい》をあげ、バットをふりあげた信長《のぶなが》からあとずさった。そしていちもくさんに地獄甲子園《じごくこうしえん》のツタを伝《つた》って、ひょいひょいと壁《かべ》をよじ登《のぼ》っていく。もう武将《ぶしょう》かサルか本当《ほんとう》にわからない。

「このサルめ！　はやくおりてこい！」

「なぐらないならおります！」

「おりてこぬとなぐるぞ！」

「ひいい！」

秀吉《ひでよし》はこわがって、さらに上《うえ》へと登《のぼ》っていく。すると……。

「あっ！」

ぼくは秀吉《ひでよし》を見《み》て叫《さけ》んだ。なぜなら壁《かべ》にからまっていたツタが、秀吉《ひでよし》の体《からだ》にグルグルとまきついてしまったからだ。

「く、く、苦《くる》しい……！」

秀吉《ひでよし》は足《あし》をバタバタさせてもがいている。助《たす》けたいけど高《たか》いところで、ぼくじゃ無理《むり》だ。

どうしようと思《おも》って信長《のぶなが》を見《み》ると、

「なにをしておる、ハゲネズミ！　はやくおりてこい！」

と、バットをふりあげて、まだムチャをいっていた。さすがは魔王《まおう》。

――でもこれ、どうするんだろう。秀吉《ひでよし》、けっこうマズいんじゃないのかな……。

ぼくがそう思《おも》っていると、
シャキーン！

そんなするどい音《おと》と一緒《いっしょ》に、ほそい光《ひかり》が目《め》の前《まえ》を横切《よこぎ》る。

なに？　さっかく？　いや、たしかに見《み》えた気《き》がしたんだけど……。

ぼくは目《め》をごしごしこすって、もう一回《いっかい》、秀吉《ひでよし》を見《み》る。

するとどういうわけか、秀吉《ひでよし》にからまっていたツタはこまかく切断《せつだん》されて、秀吉《ひでよし》はそのままドスンと真下《ました》におっこちてきた。

「秀吉《ひでよし》さん、だいじょうぶ？」

ぼくは秀吉《ひでよし》にかけよる。秀吉《ひでよし》はおしりをさすりながら、

「あ、ああ。だいじょうぶじゃ。それより、いまのはいったい……」

と、顔《かお》をあげて前《まえ》を見《み》る。ぼくも秀吉《ひでよし》の視線《しせん》のさきを見《み》ると、そこには長《なが》い刀《かたな》を持《も》って羽織《はおり》をはおった、かっこいい剣士《けんし》がいた。このひとは……！

「お、おぬしは佐々木小次郎《ささきこじろう》！」

秀吉《ひでよし》が相手《あいて》を指《ゆび》さす。すると頭《あたま》にひびく、ヒカルの声《こえ》。

『佐々木小次郎《ささきこじろう》さんは、今日《きょう》の相手《あいて》チーム、「巌流島《がんりゅうじま》ソードマスターズ」のキャプテンだよ！　さっきのツタも、佐々木小次郎《ささきこじろう》さんがきっちゃったんだ！』

と、テレパシーで伝《つた》えてくれた。

『ソードマスターズ？　それが相手《あいて》のチームなの？』

『そう。剣《けん》の達人《たつじん》を集《あつ》めて歴史《れきし》を変《か》えようとしている、地獄山口県《じごくやまぐちけん》の代表《だいひょう》チーム。現世《げんせ》をサムライの世《よ》の中《なか》にして武士道《ぶしどう》を復活《ふっかつ》させようと、地獄甲子園《じごくこうしえん》に参加《さんか》したの！』

『剣《けん》の達人《たつじん》……』

だとしたら、たぶん手《て》ごわい相手《あいて》だぞ……。だって剣《けん》の扱《あつか》いって、さやから刀《かたな》を抜《ぬ》く動《どう》作《さ》とか、どことなくバットの扱《あつか》いに似《に》ているところもあるし……。

「危《あぶ》ないところでござったな」

佐々木小次郎《ささきこじろう》は、長《なが》い刀《かたな》をさやにおさめて、秀吉《ひでよし》を見《み》た。

「お、おう……。すまんかった」

「無事《ぶじ》ならばよし。貴殿《きでん》らがおそいので、様子《ようす》を見《み》にきたのだ。さあ、もう球場《きゅうじょう》の中《なか》で、みな待《ま》ちわびておる。はやく入場《にゅうじょう》されよ」

佐々木小次郎《ささきこじろう》は、にこりともせずにそういって、くるっとうしろをむく。そしてしずかな歩《ある》きかたで、甲子園《こうしえん》の入場口《にゅうじょうぐち》へはいっていった。

「あれぞ、サムライじゃ」

信長《のぶなが》が腕《うで》をくんでいった。口調《くちょう》は、どこか感心《かんしん》しているようだった。

「敵《てき》ながら、まずはあっぱれじゃ。それにくらべて……」

信長《のぶなが》はそういうと、秀吉《ひでよし》をにらみつける。その視線《しせん》はやはり魔王《まおう》といわれている信長《のぶなが》ならではで、口元《くちもと》をひくひくさせる秀吉《ひでよし》の顔《かお》は、ものすごい恐怖《きょうふ》にひきつっていた。

整列《せいれつ》

地獄甲子園《じごくこうしえん》にはいるとスタンドのお客《きゃく》さんは満員《まんいん》で、鬼《おに》や地獄《じごく》の魂《たましい》たちが、わいわい騒《さわ》ぎながら観戦《かんせん》していた。お弁当《べんとう》やジュースの売《う》り子《こ》さんもいたりして、大《おお》にぎわいだ。

ぼくたちは甲子園《こうしえん》のフィールドにはいると、整列《せいれつ》して相手《あいて》チームとむかいあった。

前《まえ》にならぶソードマスターズは剣豪《けんごう》チームというだけあって、全員《ぜんいん》が強《つよ》そうだ。桃《もも》のはっぴを着《き》ていたり、外国《がいこく》のひとだったり、知《し》らないひともおおぜいいたけど……。

「サムライの野球《やきゅう》チームよ。でてきたそうそう悪《わる》いが、ここで敗退《はいたい》してもらおう」

先頭《せんとう》にたつ信長《のぶなが》が、相手《あいて》を見《み》ながらいった。となりには、たんこぶをたくさんつくった秀吉《ひでよし》もいる。

「敗退《はいたい》するのはそちらのほう……。現世《げんせ》をサムライの国《くに》にするには、歴史《れきし》を変《か》える必要《ひつよう》がある。我《われ》らはそのチャンスを待《ま》っておった」

「抜《ぬ》かせ。そうそううまくいくか」

信長《のぶなが》と佐々木小次郎《ささきこじろう》が、視線《しせん》に火花《ひばな》をちらした。もう、試合《しあい》ははじまっているんだ。

あ、でも……。ぼくには気《き》になることもあったんだ。いまのうちに聞《き》いておかなきゃ。

「ねえ」

話《はな》しかけると、佐々木小次郎《ささきこじろう》がこちらをむいた。

「どうした。虎太郎《こたろう》どのよ」

「うん。さっきのこと。どうして秀吉《ひでよし》さんを助《たす》けてくれたの？　ソードマスターズからしたら、ぼくたちって敵《てき》でしょ？　助《たす》けないほうがよかったんじゃないかなって」

「なにをバカな」

佐々木小次郎《ささきこじろう》はフンと鼻《はな》を鳴《な》らす。

「野球《やきゅう》の勝負《しょうぶ》は野球《やきゅう》でつけるもの。困《こま》っている人間《にんげん》を目《め》の前《まえ》にして助《たす》けぬなど、それはサムライではない」

佐々木小次郎《ささきこじろう》はいった。その口調《くちょう》は自信《じしん》にあふれていて、ああ、こういうひとがサムライなんだなって、ぼくは思《おも》った。感心《かんしん》するような気持《きも》ちでいると、

「それではいいですね？　球審《きゅうしん》はわたくし、赤鬼《あかおに》がつとめさせていただきます」

赤鬼《あかおに》は、顔《かお》に似合《にあ》わないまじめな口調《くちょう》でそう前《まえ》おきした。

「では、桶狭間《おけはざま》ファルコンズ対《たい》、巌流島《がんりゅうじま》ソードマスターズの試合《しあい》をはじめます。礼《れい》！」

そのコールでおたがいに頭《あたま》をさげると、みんなそれぞれのベンチにもどっていく。そしてぼくは気合《きあ》いをいれるために、肩《かた》をコキコキと鳴《な》らした。

さあ、いよいよだ。

ぼくの命《いのち》をかけた戦《たたか》い。そしてみんなの歴史《れきし》がかかった勝負《しょうぶ》。その幕《まく》があがる。

相手《あいて》はとても強《つよ》そうだけど、ぼくはなんとしても生《い》きかえらなきゃいけない。現世《げんせ》の歴《れき》史《し》も守《まも》らなくちゃいけないし、負《ま》けられないぞ！

2章《しょう》 強《きょう》敵《てき》・剣《けん》豪《ごう》オールスターズ

	1	2	3	4	5	6	7	8	9	計	H	E
桶狭間												
巌流島												

OKEHAZAMA Falcons

1	豊臣	秀吉	右
2	井伊	直虎	中
3	毛利	元就	遊
4	織田	信長	一
5	真田	幸村	二
6	徳川	家康	捕
7	前田	慶次	左
8	伊達	政宗	三
9	山田虎太郎		投

B
S
O

UMPIRE

CH	1B	2B	3B
赤	青	黒	桃
鬼	鬼	鬼	鬼

巌流島 SWORD MASTERS

1	上泉	信綱	中
2	柳生十兵衛		三
3	宮本	武蔵	捕
4	佐々木小次郎		投
5	アーサー王		右
6	塚原	卜伝	左
7	伊東一刀斎		遊
8	桃 太 郎		一
9	石川五右衛門		二

一回表《いっかいおもて》

相手《あいて》の選手《せんしゅ》がそれぞれ守備《しゅび》につくと、ブォ〜、ブォ〜、というほら貝《がい》の音《おと》が鳴《な》って、

「プレイボール！」

審判《しんぱん》のコールがかかった。

さあ、いよいよ試合開始《しあいかいし》。

戦国武将対剣豪《せんごくぶしょうたいけんごう》の野球対決《やきゅうたいけつ》。いったいどんな試合《しあい》になるのだろう。

まず先攻《せんこう》はファルコンズから。ソードマスターズのピッチャーは佐々木小次郎《ささきこじろう》だ。

「いよいよ試合《しあい》だね、虎太郎《こたろう》クン」

「うん。序盤《じょばん》に点《てん》をとってくれたら、すごく助《たす》かるんだけど……」

ぼくはヒカルにこたえて、ベンチからバッターボックスを見《み》た。

ファルコンズの一番《ばん》は豊臣秀吉《とよとみひでよし》。サルそっくりのこのひと、佐々木小次郎相手《ささきこじろうあいて》に、いったいどんなバッティングで攻《せ》めるんだろう。なんだかんだいっても、この戦国武将《せんごくぶしょう》たちの

打順《だじゅん》のさいしょだし……。

「ふふふ……。虎太郎《こたろう》よ」

考《かんが》えていると、秀吉《ひでよし》が打席《だせき》からぼくを見《み》た。

「？　どうしたの、秀吉《ひでよし》さん」

「いいか。そこでワシのバッティングを見《み》ておるがいい。ファルコンズ魂《だましい》とはどういうものか、おぬしに教《おし》えてやる」

秀吉《ひでよし》はそういって、

「さあ、佐々木小次郎《ささきこじろう》よ！　尻尾《しっぽ》をまいて逃《に》げるならいまのうちじゃ！」

大《おお》きな声《こえ》で、ピッチャーを挑発《ちょうはつ》するようにいった。

そしてぼくはバットをかまえた秀吉《ひでよし》のその姿《すがた》に、なんだかすごいたよりがいを感《かん》じてしまう。だって、あれだけどうどうと打席《だせき》にはいれるってことは、やっぱり打《う》つ自信《じしん》があるってことだろうし……。

「ふっ。秀吉《ひでよし》どの」

でも佐々木小次郎《ささきこじろう》は、そんな秀吉《ひでよし》を前《まえ》にしてもまだよゆうの表情《ひょうじょう》だ。

「尻尾《しっぽ》をまくとは、貴殿《きでん》、似《に》ている似《に》ているとは思《おも》っていたが、やはりサルか」

「ちがう！　おぬしのことをいってんの！」

「しかし、いまは試合中《しあいちゅう》。貴殿《きでん》の尻尾《しっぽ》を見《み》ているひまはない」

「耳《みみ》だいじょうぶか？」

「代《か》わりに、もっとおもしろいものを見《み》せてやる。せっしゃが修行《しゅぎょう》のすえにマスターした、必殺《ひっさつ》のボール……」

そういってニヤリとわらい、佐々木小次郎《ささきこじろう》はふりかぶる。そしてステップをふみ、

「スワローアタック！」


そう叫《さけ》ぶとすごい勢《いきお》いで腕《うで》をまわして、ビュッと指先《ゆびさき》からボールを投《な》げた。

「スワローアタックッ？」

なにそれ、佐々木小次郎《ささきこじろう》の必殺技《ひっさつわざ》？　でも投《な》げかたは、ごくふつうに腕《うで》を上《うえ》から下《した》にふりおろすものだけど……。

なにか、ひみつがあるのかもしれない。ぼくはそう思《おも》うけどバッターの秀吉《ひでよし》は、

「ふん。口《くち》ほどにもない！」

そういってバットをひく。それもそのはず。だって『必殺《ひっさつ》のボール』なんていってるけど、投《な》げられた球《たま》は、外《そと》にむかうボール球《だま》。見逃《みのが》してだいじょうぶそう……、だったけど！

「なにっ！」

なんと球《たま》はボールゾーンからぐいっとまがり、ストライクゾーンへ！　秀吉《ひでよし》もあわててバットをふるけど、まにあわない。

「ストライク！」

審判《しんぱん》のコールがひびく。

「な……、なんだ、あれ……」

ぼくが目《め》を見《み》ひらくと、

「こ、虎太郎《こたろう》クン、いまの……」

ヒカルも不安《ふあん》そうに、こっちをむく。

「……うん。すごい変化球《へんかきゅう》だった」

「ググ〜ってまがったね……」

「そうだね……。それにまがりが大《おお》きいこともそうだけど、ボールゾーンからストライクゾーンにまがる球《たま》は、バッターにとってとてもやっかいなんだ」

「どういうこと？」

「だってバッターは、ボールゾーンにきたらやっぱり見逃《みのが》しちゃうよ。それがストライクになるなんて……。本当《ほんとう》のボール球《だま》と配球《はいきゅう》をくみたてられたら、手《て》がつけられない」

「なるほど……」

ヒカルは返事《へんじ》をすると、またマウンドを見《み》る。そして、

「いきなりマズいことになったね、ファルコンズ……」

と、つぶやいた。たしかに佐々木小次郎《ささきこじろう》の『スワローアタック』、あれは簡単《かんたん》に打《う》てるボールじゃないぞ……。

「ふふふ。見《み》たか、ファルコンズよ！」

ファルコンズベンチがシンとしずまりかえっていると、キャッチャーがマスクをとって

声《こえ》をあげる。あれはたしか、宮本武蔵《みやもとむさし》ってひとだ。

「小次郎《こじろう》がツバメにヒントを得《え》てマスターした、このスワローアタック！　ボール球《だま》がストライクゾーンにまがってくるのでは、もはや手《て》だしできまい！」

「くうう！　こしゃくな！」

「我《われ》らを侮《あなど》るでないわ！」

ファルコンズベンチからは反論《はんろん》がわく。でも宮本武蔵《みやもとむさし》は気《き》にするでもなくフンと鼻《はな》を鳴《な》らして、ぼくを見《み》た。

「おい、小僧《こぞう》。わざわざ現世《げんせ》から助《すけ》っ人《と》としてきたようだが、小次郎《こじろう》の球《たま》を打《う》つことはかなわぬ。勝《か》つのはあきらめろ。現世《げんせ》はサムライの世《よ》の中《なか》に変《か》わるのだ！」

「ま、まだだよ！」

ぼくはいいかえす。だって一球《いっきゅう》だけで判断《はんだん》されたことが、とてもくやしかったから。

「秀吉《ひでよし》さんは、さっきファルコンズ魂《だましい》を見《み》せるっていったんだ！　勝《か》った気《き》になるのは、まだはやいよ！　ね、秀吉《ひでよし》さん！」

ぼくはいってから、たしかめるように秀吉《ひでよし》を見《み》た。

でもバッターボックスの秀吉《ひでよし》の顔《かお》は、さっきまでの勢《いきお》いがきれいになくなって自信《じしん》なさそうに、こっちを見《み》て首《くび》を小《ちい》さく横《よこ》にふっている。

あ……。これ、ダメっぽい……。

「ストライク！　バッターアウト！」

けっきょく秀吉《ひでよし》は、そのまま三振《さんしん》してベンチに帰《かえ》ってきた。どうしてこのひとは、こんなにもいちいちなさけないんだろう。

ガックリしてそう思《おも》っていると秀吉《ひでよし》は、なにかいいたげにぼくの前《まえ》にたった。

「どうしたの、秀吉《ひでよし》さん」

見《み》あげて聞《き》くと、秀吉《ひでよし》はふっとわらう。もしかしてスワローアタック攻略《こうりゃく》の方法《ほうほう》が？

「いいか、虎太郎《こたろう》」

「——うん」

「ダメなときは、いさぎよくひきさがる。それがファルコンズ魂《だましい》……」

と、いいおわらないうちに、秀吉《ひでよし》は信長《のぶなが》にバットを投《な》げつけられて「ギャア」と悲鳴《ひめい》をあげていた。ボケとツッコミのおわらい芸人《げいにん》みたいだった。

ため息《いき》をつきたい気分《きぶん》でいると、

「なさけねえぜ！　ウチの男《おとこ》どもは！」

そういってたちあがったのは、ファルコンズでひとりだけいる女《おんな》のひと。背《せ》が高《たか》くて鎧《よろい》を着《き》こなしている、たしか名前《なまえ》が……。

『あのひとは、井伊直虎《いいなおとら》さんだよ』

「そうなんだ。名前《なまえ》も見《み》た目《め》もかっこいいね……。あ」

ヒカルのテレパシーに、つい口《くち》にだしてこたえてしまうぼく。それは井伊直虎《いいなおとら》にも聞《き》こえていたみたいで、

「な、なんだよ、おまえは……。えっと、虎太郎《こたろう》、だっけ……」

と、もごもごしながらぼくの前《まえ》にたった。

「あ、あの、ごめんなさい。かっこいいお姉《ねえ》さんだなって思《おも》って、あの……」

からまれると思《おも》って言《い》い訳《わけ》すると、井伊直虎《いいなおとら》の顔《かお》が赤《あか》くなった。怒《おこ》ったのかとかまえたら、

「…………かわいい……。直政《なおまさ》そっくり……」

と、ひと言《こと》だけいいのこして、井伊直虎《いいなおとら》は打席《だせき》にむかっていく。なにがいいたかったんだろう？

「ヒカル。あのひとはどんなひと？　戦国武将《せんごくぶしょう》なのに女《おんな》のひとって、めずらしいね」

ぼくが聞《き》くと、ヒカルはこっちをむいてひとさし指《ゆび》をたてた。

「うん。じつは井伊直虎《いいなおとら》さん、事情《じじょう》があって、男《おとこ》の名前《なまえ》で出家《しゅっけ》していたんだ。だから男《おとこ》のひとがとだえた井伊家《いいけ》の危機《きき》に、家督《かとく》を継《つ》ぐために帰《かえ》ってこられたんだよ。還俗《げんぞく》っていって、仏《ほとけ》の道《みち》から俗世《ぞくせ》にかえるのって、当時《とうじ》は男《おとこ》のひとしか認《みと》められなかったから」

「そうなんだ。だから直虎《なおとら》って、いさましい名前《なまえ》になったの？」

「たぶん、そうだと思《おも》うよ。虎太郎《こたろう》クン、気《き》にいられたみたいでよかったね」

「そうかな。うれしいけど……。でも、直政《なおまさ》さんって誰《だれ》？」

ぼくは打席《だせき》の井伊直虎《いいなおとら》を見《み》ながらいった。

「井伊直政《いいなおまさ》さんっていうのは、直虎《なおとら》さんの養子《ようし》になったひと。徳川四天王《とくがわしてんのう》になったすごいひとだよ。しかも、そのひとは、直虎《なおとら》さんとむすばれなかった許嫁《いいなずけ》の子供《こども》でもあるの。とってもせつない物語《ものがたり》があったんだ」

「へえ」

りっぱにそのひとを育《そだ》てあげたってことかな。ひとをきちんと育《そだ》てられるってことは、本人《ほんにん》にも力《ちから》があるのかもしれない。プロ野《や》球《きゅう》の名《めい》コーチにも、そんなひとが多《おお》いし。

ぼくはそう思《おも》って打席《だせき》を見《み》るけど、井伊直虎《いいなおとら》はぼくをチラチラ見《み》ながら顔《かお》を赤《あか》くしたまま。そんなんだからとうぜん、

「アウト！」

って内野《ないや》ゴロになっちゃってるし。

けっきょくこの回《かい》、打者《だしゃ》は三人《にん》ともそれぞれ凡退《ぼんたい》してしまった。みんな佐々木小次郎《ささきこじろう》のスワローアタックに翻弄《ほんろう》されて、三振《さんしん》や内野《ないや》ゴロ。

佐々木小次郎《ささきこじろう》、一筋縄《ひとすじなわ》でいきそうにない相手《あいて》だぞ……。

一回裏《いっかいうら》

残念《ざんねん》だけど、佐々木小次郎《ささきこじろう》のボールはなかなか打《う》てそうにない。

ならよけいに、ぼくのピッチングにかかる責任《せきにん》は重《おも》くなる。打《う》たせるわけにはいかないぞ。絶対《ぜったい》に生《い》きかえるんだ！

そう思《おも》ってにぎったボールを見《み》つめていると、

「フン。子供《こども》がピッチャーなどと、我《われ》らもナメられたものよ」

打席《だせき》にはいったバッターが、そういってぼくを挑発《ちょうはつ》する。たしかこのひとは一番《ばん》バッターの上泉信綱《かみいずみのぶつな》ってひと。バットをたてて、ぼくをにらむようにたっている。

――そんなこわい顔《かお》をしたって、打《う》たせないぞ……。

ぼくだってボールの速《はや》さには自信《じしん》があるんだ！

「いくよ！」

ぼくはそういって腕《うで》を大《おお》きくふりかぶり、足《あし》を前《まえ》にふみこむ。そしてキャッチャーミットを見《み》てから腕《うで》をまわして、ボールを力《ちから》いっぱい投《な》げこんだ。

「ストライク！」

ひびきわたる審判《しんぱん》のコール。おどろいた顔《かお》の上泉信綱《かみいずみのぶつな》。

「な、なんだ、あの球《たま》は……」

「子供《こども》の投《な》げるボールじゃないぞ……」

相手《あいて》ベンチから聞《き》こえてくる、そんな声《こえ》。そして、

「いいぞー！　虎太郎《こたろう》！」

「さすがワシが見《み》こんだ男《おとこ》だ！」

「もっとかわいく投《な》げろー！」

なんか気《き》になるのもまじっていたけど、味方《みかた》ベンチからも応援《おうえん》が聞《き》こえてきた。

ぼくは、どんなもんだって思《おも》いながら、キャッチャーからボールを受《う》けとる。こっち
だって、ずっと野球《やきゅう》をやってきてるんだ。そう簡単《かんたん》には打《う》たせない。

ぼくはそう思《おも》いながら、一番《ばん》と二番《ばん》を三振《さんしん》、内野《ないや》ゴロにした。これでツーアウト。相手《あいて》
ベンチを見《み》ると、みんなコソコソ話《はなし》をしていて、ちょっとあせっているようにも見《み》える。

――いけるぞ。ぼくはここでも通用《つうよう》する！

不安《ふあん》がサーッと晴《は》れていくような気持《きも》ちになっていると、

「くくく。小僧《こぞう》。ちょっとはやるようだ」

打席《だせき》にたつのは、三番《ばん》の宮本武蔵《みやもとむさし》だ。キャッチャーで、さっきぼくたちを挑発《ちょうはつ》してきた

ひと。でも、その両手《りょうて》には、なぜか二本《ほん》のバットが。

「あの……。宮本武蔵《みやもとむさし》さん、バットをおきわすれてるよ。両手持《りょうても》ちなんて」

ぼくはちょっとわらいながら、それを指摘《してき》した。でも宮本武蔵《みやもとむさし》はふっとわらう。

「これでいいのだ。ワシは二本《ほん》のバットを使《つか》う」

「に、二本《ほん》のバット？」

ぼくがおどろくと、

『宮本武蔵《みやもとむさし》さんは二刀流《にとうりゅう》なんだよ！』

頭《あたま》の中《なか》に、ヒカルの声《こえ》。

『二刀流《にとうりゅう》？』

『うん。そのひとは佐々木小次郎《ささきこじろう》さんのライバル。巌流島《がんりゅうじま》ってところで決闘《けっとう》して、佐々木《ささき》小次郎《こじろう》さんに勝《か》っちゃったの』

『あの佐々木小次郎《ささきこじろう》さんのライバル……。しかも勝《か》ったのか……』

そういえば、どこかでそんな話《はなし》を聞《き》いた気《き》もする。たしか船《ふね》のオールかなにかで戦《たたか》って勝《か》っちゃったんだ。

――やっぱり、慎重《しんちょう》にいかなくちゃ。

ぼくはキャッチャーの徳川家康《とくがわいえやす》とサインをこうかんして、

「いくよ！」

と、とりあえず外目《そとめ》にはずす球《たま》を投《な》げてみる。でも、ぼくのボールを見《み》た宮本武蔵《みやもとむさし》、

「ふっ！　あまい！」

といって、球《たま》の軌道《きどう》の上《うえ》に、左手《ひだりて》のバットをつきだした。

でもそれはバントみたいなかたちで、とてもヒットを打《う》てるようなスイングじゃない。

案《あん》の定《じょう》、ボールはバットにコツンとあたっただけで、それは小《しょう》フライになってしまう。

「もらった！」

キャッチャーの徳川家康《とくがわいえやす》はマスクをとって、その打球《だきゅう》をとろうとする。でも……。

「まだまだここからだ！」

宮本武蔵《みやもとむさし》はその場《ば》でジャンプすると、うきあがったボールめがけ、なんともう一本《いっぽん》の右《みぎ》手《て》のバットでフルスイング！　ノックをするみたいに、球《たま》をカーンと遠《とお》くに打《う》ちかえした。

「そんなバカな！」

おもわず口《くち》をあんぐり開《あ》けてしまう。メチャクチャだ！

しかもボールは長打《ちょうだ》。外野《がいや》の守備《しゅび》を抜《ぬ》けて、フェンスまでころがっていった。その間《あいだ》に、宮本武蔵《みやもとむさし》は二塁《るい》に到達《とうたつ》。ツーベースヒットだ。

「ふはは。これぞ二天一流奥義《にてんいちりゅうおうぎ》。『左手《ひだりて》のバットで球《たま》をうかせて、もう一方《いっぽう》のバットでフルスイング』だ！」

宮本武蔵《みやもとむさし》は二塁《るい》ベースにたって、すごい具体的《ぐたいてき》な技《わざ》の名前《なまえ》をいった。あらゆる意味《いみ》でビックリの奥義《おうぎ》だ。でも、そんな技《わざ》にだまってはいられない。

「ちょっと、審判《しんぱん》の鬼《おに》さん！」

「？　はい。なにか？」

「いまの宮本武蔵《みやもとむさし》さんのあれ、反則《はんそく》じゃないの？　一度《ど》打《う》った球《たま》をもう一度《ど》打《う》つなんて」

ぼくの抗議《こうぎ》に、徳川家康《とくがわいえやす》もうなずく。だってあんなの、現世《げんせ》じゃ絶対《ぜったい》に反則《はんそく》だし。

ぼくはルール違反《いはん》を確信《かくしん》して、審判《しんぱん》の赤鬼《あかおに》をじっと見《み》つめる。でも赤鬼《あかおに》は考《かんが》えるように
「そうじゃそうじゃ！」

ちょっと首《くび》をひねったあと、両手《りょうて》を頭《あたま》の上《うえ》でつなげて、大《おお》きなまるをつくった。

「うそっ！」

OK《オーケー》みたいだ。さすが地獄《じごく》。現世《げんせ》のルールがつうじない。

「くそっ。なんであんなのが……。しかも二天一流《にてんいちりゅう》ってなんなんだ……」

くやしまぎれにつぶやくと、頭《あたま》の中《なか》にヒカルの声《こえ》がひびいた。

『二天一流《にてんいちりゅう》っていうのは、宮本武蔵《みやもとむさし》さんの流派《りゅうは》だよ』

『流派《りゅうは》？』

『そう。剣豪《けんごう》チームだから、みんなそれぞれの流派《りゅうは》があるの。宮本武蔵《みやもとむさし》さんの二天一流《にてんいちりゅう》。そして四番《ばん》の佐々木小次郎《ささきこじろう》さんは……』

ヒカルが説明《せつめい》しかけると、

「それでは、せっしゃの巌流《がんりゅう》の出番《でばん》であるな」

四番《ばん》の佐々木小次郎《ささきこじろう》が、そういって打席《だせき》にはいった。手《て》に持《も》っているのは、長《なが》い長《なが》いバットだ。ふつうのバットの倍《ばい》くらい。ぼくの身長《しんちょう》ほどあるかもしれない。

「……そんな長《なが》いバットで、ぼくの球《たま》を打《う》てるの？」

ふつうはバットが長《なが》ければ長《なが》いほど、それをさばくのがむずかしくなるけど……。

「むろん。このバットは『物干《ものほ》しざおバット』。長《なが》いからこそ打《う》てるのだ」

佐々木小次郎《ささきこじろう》は、表情《ひょうじょう》を変《か》えずにこたえる。

『物干《ものほ》しざおっていうのは、佐々木小次郎《ささきこじろう》さんが生前《せいぜん》に使《つか》っていた剣《けん》だよ。とても長《なが》かったから、そう呼《よ》ばれているの』

ヒカルがぼくの頭《あたま》に声《こえ》をひびかせた。あれ、生前《せいぜん》に使《つか》いなれていたかたちなのか……。

なら、どうしよう。どう投《な》げる？

生前《せいぜん》からずっと使《つか》っているのなら、あんなに長《なが》いバットでもゆだんしないほうがいいと思《おも》う。むしろ宮本武蔵《みやもとむさし》みたいなことだってあるし、ぼくの常識《じょうしき》が地獄《じごく》でつうじるとは思《おも》えない。

——相手《あいて》がなにをしても、ここは全力《ぜんりょく》で投《な》げるべきだ。

「じゃあ、いくよ！」

ぼくはふりかぶって、力《ちから》いっぱいのボールを投《な》げた。それはいまのぼくに投《な》げられる、全力《ぜんりょく》の球《たま》だ。だけど、

「速《はや》い！　しかし！　打《う》てぬ球《たま》ではない！」

そういうと佐々木小次郎《ささきこじろう》は、下《した》から上《うえ》へ、ブーンとつきあげるようにバットをフルスイング。そして、

「奥義《おうぎ》！　ツバメがえし！」

と叫《さけ》ぶと、ふられたバットはぼくのボールを、ガツンと大《おお》きな音《おと》を鳴《な》らしてふき飛《と》ばした。

「うそっ！」

ぼくはふりかえって打球《だきゅう》を目《め》で追《お》う。でも、それは『打《う》たれた瞬間長打《しゅんかんちょうだ》とわかる』というあたりで、どこまで飛《と》ぶかわからないような打球《だきゅう》だった。

「この程度《ていど》の球《たま》なら、飛《と》んでいるツバメをおとすより、はるかに簡単《かんたん》よ」

佐々木小次郎《ささきこじろう》がそういったのと、打球《だきゅう》がスーッとスタンドに吸《す》いこまれていくのは、同《おな》じタイミングだった。

「ツ、ツーランホームラン……」

OKEHAZAMA
Falcons

ぼくは打球《だきゅう》の行方《ゆくえ》をながめながら、そうつぶやいた。信《しん》じられないものを見《み》た気分《きぶん》だった。

あんなに長《なが》いバットで、ぼくの全力《ぜんりょく》のボールをホームランにしてしまうなんて……。まだ一回《いっかい》なのに、二点《てん》もいれられてしまった。しかも佐々木小次郎《ささきこじろう》のピッチングは、さっきのとおりだ。なかなか点《てん》は期待《きたい》できないのに……。

「いまのボール、悪《わる》くはなかったが」

がっくりしていると、ホームベースをふむ佐々木小次郎《ささきこじろう》が話《はな》しかけてくる。

「しかし、虎太郎少年《こたろうしょうねん》。貴殿《きでん》はまだ全力《ぜんりょく》ではあるまい」

「そ、そんな……。全力《ぜんりょく》だよ」

「いいや、ちがう」

佐々木小次郎《ささきこじろう》は首《くび》をふった。

「貴殿《きでん》のボールからはなにか、気持《きも》ちへのひっかかりを感《かん》じる。それが原因《げんいん》で、まだ力《ちから》をだしきれていない」

「気持《きも》ちへの、ひっかかり……」

「そうだ。全力《ぜんりょく》をだせ、虎太郎少年《こたろうしょうねん》」

佐々木小次郎《ささきこじろう》は力強《ちからづよ》くいった。

「我《われ》らは弱《よわ》い相手《あいて》と戦《たたか》いたいのではない。強《つよ》い相手《あいて》の全力《ぜんりょく》に勝《か》ち、その上《うえ》でサムライの世《よ》の中《なか》をつくりたいのだ。それこそが、せっしゃたちサムライの生《い》きる道《みち》である」

そういうと、佐々木小次郎《ささきこじろう》はクルッとうしろをむいてベンチに帰《かえ》っていった。

「強《つよ》い相手《あいて》と……」

ぼくが力《ちから》をだしきれていない。――でもそれはなんとなく、わかっていた。

なぜなら佐々木小次郎《ささきこじろう》にいわれた『気持《きも》ちのひっかかり』、そのこころあたりが、ぼくにはたしかにあったからだ。

ぼくは自分《じぶん》の手《て》を見《み》つめる。

――やっぱり、あのときのことが……。

ぼくはそれを思《おも》いだしかけて、首《くび》をふった。もう、いまさらどうしようもないことだ。

それに、いま投《な》げたのだって、悪《わる》いボールじゃなかったはずだし……。

剣豪《けんごう》チーム……。なんて手《て》ごわさだろう……。

二回表《かいおもて》

この回《かい》、ファルコンズの攻撃《こうげき》は四番《ばん》の信長《のぶなが》から。

佐々木小次郎《ささきこじろう》のピッチングがすごいのはわかっているけど、負《ま》けているいま、やっぱり打線《だせん》にはがんばってほしい。それにそう思《おも》わせるだけのたよりがいが、信長《のぶなが》にはあった。

「あれがファルコンズの織田信長《おだのぶなが》……」

「すごい迫力《はくりょく》だな……」

スタンドのお客《きゃく》さんの声援《せいえん》も、信長《のぶなが》の登場《とうじょう》と一緒《いっしょ》にもりあがっている。やっぱり、信長《のぶなが》はすごいんだ。

——なんとか、チャンスを。

そう思《おも》っていると、

「よくこられた。ファルコンズの織田信長《おだのぶなが》よ」

佐々木小次郎《ささきこじろう》は信長《のぶなが》を見《み》て、マウンドでかまえる。

「だが、ここは凡退《ぼんたい》してもらおうか。ファルコンズの中心《ちゅうしん》である貴殿《きでん》がそうなれば、あとの試合《しあい》はもうソードマスターズのもの」

「フン。そううまくいくかな」

信長《のぶなが》は肩《かた》をコキコキ鳴《な》らして、打席《だせき》にはいった。

「とくに佐々木大次郎《ささきだいじろう》。貴様《きさま》のへなへなまがる、あんなボールではのう」

「せ、せっしゃの名前《なまえ》は小次郎《こじろう》だっ！」

「そうか。悪《わる》かったな、中次郎《ちゅうじろう》」

「な……。信長《のぶなが》、貴殿《きでん》、サムライの名《な》を……」

挑発《ちょうはつ》された佐々木小次郎《ささきこじろう》。よほど頭《あたま》にきたみたいで、ボールをぐっとにぎって信長《のぶなが》をにらんだ。するとキャッチャーの宮本武蔵《みやもとむさし》が、

「バカ者《もの》！　そんなことを気《き》にする……」

と、たしなめるけど、もうおそい。

「これでもくらえっ！」

佐々木小次郎《ささきこじろう》は顔《かお》にいかりをうかべると、そのままボールをビュッと投《な》げこんだ。

でもそれは、さっきの回《かい》で見《み》せたスワローアタックとはちがう球《たま》。とても速《はや》いボールだったけど、コントロールがかなりあまくなっているように見《み》える。

「これぞ、絶好球《ぜっこうきゅう》！」

それを見《み》て信長《のぶなが》はニヤリとわらう。そしてバットをブーンとスイングすると、

「これがファルコンズの四番《ばん》よ！」

と、佐々木小次郎《ささきこじろう》の球《たま》をカーンとかっとばした。

「なにっ！」

佐々木小次郎《ささきこじろう》は打球《だきゅう》を追《お》ってふりかえる。そしてファルコンズベンチでは、座《すわ》っていた全員《ぜんいん》がたちあがった。

みんなの視線《しせん》を集《あつ》めたその打球《だきゅう》は、ライトの守備《しゅび》が懸命《けんめい》に追《お》っているけど、どう見《み》たってまにあわない。ボールはやがて、外野守備《がいやしゅび》の間《あいだ》にぽとりとおちた。

ファルコンズの初《はつ》ヒット、ノーアウトのランナーだ！

「さすが信長様《のぶながさま》！」

「日本一《にほんいち》！」

ファルコンズのベンチは大《おお》もりあがり。秀吉《ひでよし》なんて、さっそくベンチの前《まえ》に赤《あか》いカーペットをしいて、信長《のぶなが》をむかえる準備《じゅんび》をしていた。ゴマすりはかんぺきだ。

「なるほど。ハゲネズミが明智光秀《あけちみつひで》をからかったと聞《き》いてそれをマネたのだが、やはり単《たん》細胞《さいぼう》にはきくものだ」

信長《のぶなが》は一塁《るい》の上《うえ》にたつと、不敵《ふてき》な笑《え》みでそういった。

「くそ……。信長《のぶなが》め……」

見《み》ると佐々木小次郎《ささきこじろう》は、手《て》の甲《こう》に血管《けっかん》をうかせて、つぶれるんじゃないかと思《おも》うほどの力《ちから》で、グググッとボールをにぎりしめていた。するとそれを見《み》かねたのか、

「おちつけ、小次郎《こじろう》。怒《おこ》っていてもはじまらぬ」

宮本武蔵《みやもとむさし》がマウンドへ近《ちか》づいて、そうたしなめる。

「しかし、武蔵《むさし》よ。信長《のぶなが》のヤツ、せっしゃの名前《なまえ》を『ジョン万次郎《まんじろう》』と……」

佐々木小次郎《ささきこじろう》はそう口《くち》にするけど、信長《のぶなが》はそんなことといっていなかった。本当《ほんとう》に耳《みみ》はだいじょうぶだろうか。

「――まあ、ほどほどにしておけ、小次郎《こじろう》よ。ワシらには夢《ゆめ》がある。怒《おこ》っている場合《ばあい》では

ない。ちがうか？」

「……ああ。わかっている。……かたじけない」

佐々木小次郎《ささきこじろう》は、宮本武蔵《みやもとむさし》から目《め》をそらしながらこたえていた。だけどこころの中《なか》にあったそのいかりは、まだまだおさまっていなかったようだ。


「ぐぬぬぬぬぬ……」

顔《かお》が真《ま》っ赤《か》の佐々木小次郎《ささきこじろう》。

信長《のぶなが》に打《う》たれてから、一回表《いっかいおもて》のあの勢《いきお》いは完全《かんぜん》にくずれてしまっていた。それは冷静《れいせい》さがなくなったピッチングにあらわれている。

ファルコンズ打線《だせん》は、五番《ばん》の真田幸村《さなだゆきむら》があまくなったボールを見逃《みのが》さずにヒットをはなつと、つづく徳川家康《とくがわいえやす》は送《おく》りバントをなんなくきめる。これでワンアウト、二、三塁《るい》。

二点《てん》負《ま》けているけど、ワンヒットで同点《どうてん》。ホームランなら逆転《ぎゃくてん》のチャンスだ。やっぱり戦国武将《せんごくぶしょう》がならぶ、ファルコンズ打線《だせん》はすごい！

「いよいよ、おれの出番《でばん》だな〜。いっちょかぶいてやるぜ！」

と、そこで打席《だせき》にたつのは前田慶次《まえだけいじ》。とんがったかぶとに真《ま》っ赤《か》な鎧《よろい》という、とてもハデなかっこうをしたひとだ。

「かっとばせよ、前田慶次《まえだけいじ》！」

「かぶき者《もの》の意地《いじ》を見《み》せろ！」

ファルコンズベンチは、はじめてめぐってくるチャンスにわいている。でも、かぶき者《もの》ってなんだったっけ。

「かぶき者《もの》っていうのは、権力《けんりょく》に反抗《はんこう》したりするひとのことだよ。戦国時代《せんごくじだい》の終《お》わりくらいにはやったんだけど、前田慶次《まえだけいじ》さんはその中《なか》でも、とくに有名《ゆうめい》なの」

疑問《ぎもん》に思《おも》うと、ヒカルがそうこたえてくれた。でも、あんな感《かん》じのひとが、ちゃんとボールを打《う》てるのかな。派手《はで》なかっこうを見《み》せるだけで終《お》わらないといいけど……。

ぼくはそう思《おも》って、前《まえ》を見《み》る。そこではもう、佐々木小次郎《ささきこじろう》と前田慶次《まえだけいじ》が視線《しせん》をあわせて、バチバチと火花《ひばな》をちらしていた。不良同士《ふりょうどうし》のけんかみたい。

「絶対《ぜったい》に打《う》たせぬぞ、前田慶次殿《まえだけいじどの》。せっしゃのいかり、思《おも》い知《し》れ！」

佐々木小次郎《ささきこじろう》が目《め》をつりあげると、

「いいねえ、そのセリフ！　ますます打《う》ちたくなるぜ！」

そういってバットをかまえる前田慶次《まえだけいじ》。そんなにらみあいはしばらくつづき、

「打《う》たせぬわ、くらええっ！」

佐々木小次郎《ささきこじろう》は、大声《おおごえ》をあげてボールを投《な》げた。

投《な》げられたその球《たま》はやっぱりコントロールがあまくなっていたけど、それでもスピードでは、たぶん今日一番《きょういちばん》。風《かぜ》をきる音《おと》が聞《き》こえてきそうな、速《はや》いボールだった。

でも、それを見《み》た前田慶次《まえだけいじ》。

「いいボールだぜ！　でもな、おれにはつうじねえ！」

そういってバットをグッとにぎる。そして、

「いくぜ！　反抗心打法《はんこうしんだほう》！」

と、そのバットをふり抜《ぬ》き、見事《みごと》にボールをとらえた。その瞬間《しゅんかん》、地獄甲子園《じごくこうしえん》に鳴《な》りひびいた音《おと》は、まるでカミナリがおちたみたいだった。

「なにいっ！」

「すごいぞ！」

「まさか！」

「はいれ！」

敵味方《てきみかた》の声《こえ》がいりまじる。でも、前田慶次《まえだけいじ》は口《くち》のはしを持《も》ちあげてわらうと、バットをポイとほうり投《な》げて、ゆっくりとはしりだした。

打《う》った本人《ほんにん》は、もう確信《かくしん》しているんだ。

「……すごい……」

ぼくもおもわずつぶやいて、ボールの行方《ゆくえ》を見守《みまも》る。相手《あいて》の外野手《がいやしゅ》は、もう打球《だきゅう》を追《お》いかけていなかった。

なぜなら前田慶次《まえだけいじ》の打球《だきゅう》は、誰《だれ》が見《み》てもグランドにはおちてきそうになかったからだ。

それは外野手《がいやしゅ》の頭《あたま》を越《こ》えると、ゆうゆうとフェンスのむこうに消《き》えていった。

これが、かぶき者《もの》のバッティング……。すごいぞ！

逆転《ぎゃくてん》スリーランホームラン！

二回《かい》の表《おもて》に、いきなり逆転《ぎゃくてん》！　3―2だ！

電光掲示板《でんこうけいじばん》に数字《すうじ》がでると、スタンドのお客《きゃく》さんはワッともりあがった。ファルコンズベンチもみんなたちあがって拍手《はくしゅ》をしている。当《とう》の前田慶次《まえだけいじ》は自分《じぶん》が打《う》ったとしめすように、スタンドにむけて片手《かたて》をあげ、ベースを一周《いっしゅう》していた。

「おまえが打《う》たせたくなさそうだったから、おれは打《う》ってやったんだよ！　かぶき者《もの》の反抗心《はんこうしん》をナメるんじゃねえ」

ホームベースをふんだ前田慶次《まえだけいじ》は、ムチャクチャな理屈《りくつ》をマウンドにむかっていう。でも、いわれた佐々木小次郎《ささきこじろう》を見《み》てみると、もうそれどころじゃないみたいだ。

打《う》たれてしまったショックはそうとうだったみたいで、佐々木小次郎《ささきこじろう》はただマウンドの上《うえ》にたちつくし、こおりついたみたいに動《うご》かない。それは起《お》こったことが信《しん》じられないというような、ぼうぜんとした表情《ひょうじょう》だった。

「せ、せっしゃの球《たま》が……」

ポツリとつぶやく佐々木小次郎《ささきこじろう》。すると、

「好《す》きに投《な》げて、そろそろ気《き》がすんだか、小次郎《こじろう》よ」

キャッチャーの宮本武蔵《みやもとむさし》が、マウンドに歩《あゆ》みよって、佐々木小次郎《ささきこじろう》に話《はな》しかけた。それはとてもやさしい口調《くちょう》のように聞《き》こえた。

「なあ、小次郎《こじろう》。ホームランも打《う》たれて目《め》が覚《さ》めただろう。もうそれくらいにしておけ。あとの配球《はいきゅう》は、ワシにまかせろ」

宮本武蔵《みやもとむさし》の言葉《ことば》に、佐々木小次郎《ささきこじろう》はこたえない。

「もう、いいかげんにせぬか、小次郎《こじろう》よ。現世《げんせ》をサムライの世《よ》の中《なか》にする。それが我《われ》らの夢《ゆめ》であろう。その夢《ゆめ》は、おまえのいっときのいかりで消《け》していいほど軽《かる》いものか」

「そ、そんなことは思《おも》っておらぬ」

「なら、わかるな。おまえの夢《ゆめ》はワシの夢《ゆめ》であり、チームの夢《ゆめ》だ。見《み》ろ」

宮本武蔵《みやもとむさし》は、うしろにいる守備陣《しゅびじん》を見《み》た。佐々木小次郎《ささきこじろう》がそれにならってふりかえると、そこにいるソードマスターズの剣豪《けんごう》たちは、みんなでマウンドのふたりをじっと見《み》ていた。

「小次郎《こじろう》。全員《ぜんいん》で夢《ゆめ》をかなえようではないか。ファルコンズは強《つよ》い。だがそれだけ、たおしがいがあるというもの。強《つよ》い者《もの》との戦《たたか》いが、ワシらをより強《つよ》くする。そして最強《さいきょう》になり夢《ゆめ》を実現《じつげん》するのだ。それがサムライの夢《ゆめ》のかなえかたであろう」

いいきかせるような宮本武蔵《みやもとむさし》の言葉《ことば》に、佐々木小次郎《ささきこじろう》はだまってうなずく。そしてくちびるをかみしめて、前《まえ》をむいた。

——なんか、たちなおったみたいだ……。

ぼくはネクストバッターズサークルに座《すわ》って、その様子《ようす》をじっと見《み》ていた。あの様子《ようす》なら、また、手《て》ごわくなっちゃうかな。チャンスだったのに。

そう思《おも》っていると、

「さすがは武蔵《むさし》と小次郎《こじろう》。伝説《でんせつ》のライバルよ」

ぼくのすぐうしろのベンチで、信長《のぶなが》が感心《かんしん》している。

「虎太郎《こたろう》よ。ソードマスターズはここからが手《て》ごわいぞ。伝説《でんせつ》の剣豪《けんごう》ふたりが、本気《ほんき》をだすのだ。手《て》ごわい敵同士《てきどうし》であったたぶん、たがいがたがいの強《つよ》さを信頼《しんらい》しておる」

「どういうこと？」

ぼくはふりかえって、信長《のぶなが》に聞《き》いた。

「見《み》ていればわかる」

信長《のぶなが》はいって、前《まえ》をむく。ぼくもその視線《しせん》を追《お》いかけて、バッターボックスを見《み》た。そ

こでは伊達政宗《だてまさむね》が打席《だせき》にはいって、もう佐々木小次郎《ささきこじろう》と対戦《たいせん》していたけど、

「くそっ！」

バットをふってなんとか打《う》ったあたりは、ボテボテのセカンドゴロ。それも打《う》ったというより、打《う》たされた感《かん》じのする打撃《だげき》だった。

――つぎは、ぼくの打順《だじゅん》だ。

せっかく逆転《ぎゃくてん》したんだから、この反撃《はんげき》のふんいきをこわしちゃいけない。がんばってヒットを打《う》たないと。

ぼくはそう思《おも》いながら、打席《だせき》にたつ。すると、

「小僧《こぞう》。悪《わる》いがもう、点《てん》はやらん」

キャッチャーの宮本武蔵《みやもとむさし》が、ぼくを見《み》てそういった。

「わからないよ。バッティングはそんなにとくいじゃないけど、死《し》ぬ気《き》でボールに食《く》らいつくから」

なにせ、負《ま》けたら本当《ほんとう》に死《し》んじゃう。ここはがんばりどころだ。

ぼくは宮本武蔵《みやもとむさし》にこたえてから、こころの準備《じゅんび》をととのえる。そして体《からだ》をしずませると

バットを持《も》つ手《て》に力《ちから》をこめて、ピッチャーの佐々木小次郎《ささきこじろう》を見《み》た。

——さあ、こい！

「ストライク！」「ストライク！」「ストライク、バッターアウト！」

気合《きあ》いもむなしく、あっさりと三振《さんしん》してしまうぼく。

大《おお》きなことをいってしまった手前《てまえ》、ちょっと恥《は》ずかしくて、ぼくは宮本武蔵《みやもとむさし》とは目《め》をあわせずに、すごすごとベンチに帰《かえ》った。

気合《きあ》いが空《から》まわりしちゃったけど、間近《まぢか》で見《み》た佐々木小次郎《ささきこじろう》のボールは思《おも》っていた以上《いじょう》だ。

「どうだった。ヤツの球《たま》は」

道具《どうぐ》の準備《じゅんび》をしていたら、信長《のぶなが》が声《こえ》をかけてくる。

「……うん、ぜんぜん歯《は》がたたなかった。あっちにきたと思《おも》ったらこっちにまがるし、佐々木小次郎《ささきこじろう》さんのスワローアタック、すごいよ。なんだかうまくバットをふらされた感《かん》じがする」

「伊達政宗《だてまさむね》もそうであった。完全《かんぜん》にむこうの術中《じゅっちゅう》よ」

「あ、そういえば……」

伊達政宗《だてまさむね》も打《う》たされて、セカンドゴロになっていたっけ。

そう考《かんが》えたら、なんだかピッチングのレベルが一回《いっかい》よりもあがった気《き》がする。でも球威《きゅうい》は変《か》わってないのに、どうしてだろう。

ぼくが首《くび》をかしげると、

「わからぬか、虎太郎《こたろう》」

信長《のぶなが》が問《と》いかけてくる。

「うーん。変化《へんか》がするどくなったとか？」

「ちがう。手《て》ごわくなった原因《げんいん》は、おそらくキャッチャーだ」

「キャッチャー？　宮本武蔵《みやもとむさし》さん？」

聞《き》きかえすと、信長《のぶなが》はゆっくりとうなずいた。

「おそらく宮本武蔵《みやもとむさし》は、自分《じぶん》が完成《かんせい》させた『六輪配球《ろくりんのはいきゅう》』で、佐々木小次郎《ささきこじろう》の投球《とうきゅう》をくみたてておるのだ。球威《きゅうい》が変《か》わらないのに手《て》ごわさが増《ま》したのは、そのせいだろう」

「六輪配球《ろくりんのはいきゅう》……？　なにそれ？　キャッチャーのリードのこと？」

「そうだ。宮本武蔵《みやもとむさし》は生前《せいぜん》、『五輪書《ごりんのしょ》』という兵法書《へいほうしょ》を書《か》いた。しかし地獄《じごく》にきてからその五輪《ごりん》に一輪《いちりん》くわえ、『六輪書《ろくりんのしょ》』にしたのだ。そしてその六輪目《ろくりんめ》が配球理論《はいきゅうりろん》である」

「兵法書《へいほうしょ》に配球理論《はいきゅうりろん》を……」

「うむ。本来《ほんらい》の五輪書《ごりんのしょ》は無敵《むてき》の剣術指南書《けんじゅつしなんしょ》。だから六輪目《ろくりんめ》の配球理論《はいきゅうりろん》も、剣術《けんじゅつ》と同《どう》レベルのものと見《み》てよい。現《げん》に貴様《きさま》も伊達政宗《だてまさむね》も、バットをいいようにふらされておった」

信長《のぶなが》はそういって相手《あいて》ベンチを見《み》た。

「五輪書《ごりんのしょ》は実践《じっせん》で使《つか》える剣術本《けんじゅつぼん》、剣《けん》や戦《たたか》いかたの教科書《きょうかしょ》ともいえるものだった。六輪配球《ろくりんのはいきゅう》も、打者《だしゃ》の心理《しんり》を読《よ》むような実践的《じっせんてき》なものだろう。手《て》ごわくなるぞ……」

そういいのこし、信長《のぶなが》は自分《じぶん》の守備位置《しゅびいち》、ファーストに歩《ある》いていく。

「六輪配球《ろくりんのはいきゅう》……」

たしかにさっきのピッチングは、なかなか打《う》てそうにないものだった。思《おも》いだしたらぼくも伊達政宗《だてまさむね》も、いいようにあやつられていたし……。

それならもう、ここからの追加点《ついかてん》はのぞめないのかもしれない。

でも……。

ぼくは自分《じぶん》の手《て》を見《み》つめる。
でも、いまリードしているのはファルコンズだ。あとは投《な》げるぼくしだい。
いまあるこの一点《いってん》を、かならず守《まも》りきる！

3章《しょう》 信《のぶ》長《なが》の夢《ゆめ》

	1	2	3	4	5	6	7	8	9	計	H	E
桶狭間	0	3								3	3	0
巌流島	2									2	2	0

OKEHAZAMA Falcons

1	豊臣	秀吉	右
2	井伊	直虎	中
3	毛利	元就	遊
4	織田	信長	一
5	真田	幸村	二
6	徳川	家康	捕
7	前田	慶次	左
8	伊達	政宗	三
9	山田虎太郎		投

B
S
O

UMPIRE

CH	1B	2B	3B
赤	青	黒	桃
鬼	鬼	鬼	鬼

巌流島 SWORD MASTERS

1	上泉	信綱	中
2	柳生十兵衛		三
3	宮本	武蔵	捕
4	佐々木小次郎		投
5	アーサー王		右
6	塚原	ト伝	左
7	伊東一刀斎		遊
8	桃 太 郎		一
9	石川五右衛門		二

二回裏《かいうら》

ソードマスターズの打撃陣《だげきじん》は手《て》ごわい。そうとうな用心《ようじん》をしないと……。

リードは一点《いってん》しかないんだ……。

そう思《おも》った矢先《やさき》の一球目《いっきゅうめ》。打席《だせき》にはいった塚原卜伝《つかはらぼくでん》はカーンといい音《おと》を鳴《な》らし、いきなり打球《だきゅう》をセンター前《まえ》にはこんだ。

決意《けつい》をこめたピッチングのつもりだったのに……。これでノーアウト一塁《るい》だ。

「ほぉほぉほぉ。お若《わか》いの。才能《さいのう》はありあまっておるが、どうもこころの迷《まよ》いがボールにでておるようじゃ。そのままではウチのチームをおさえることはできまいて」

塚原卜伝《つかはらぼくでん》は、一塁《るい》ベースの上《うえ》で座禅《ざぜん》をくみながらいった。

「…………」

ぼくはなにもこたえずに、キャッチャーからボールを受《う》けとる。

全力《ぜんりょく》で投《な》げたつもりだったけど、仙人《せんにん》みたいなこのひとは見抜《みぬ》いているのかもしれない。

ぼくがずっと気《き》にしているあのことを……。

以前《いぜん》のことを思《おも》いだしかけると、

「なにをしている、少年《しょうねん》。いまの相手《あいて》はわたしだぞ」

打席《だせき》から声《こえ》が聞《き》こえ、ハッと我《われ》にかえって目《め》をあげた。

でも、バッターボックスにたつそのひとを見《み》て、ぼくは声《こえ》がでそうになるほどビックリする。

「ねえ、もうプレイボールかかってるよ？　どうしてそんな……」

ぼくは相手《あいて》に聞《き》いてみた。打席《だせき》にたつ、やせ型《がた》で髪《かみ》をうしろでくくっているそのひとは、なんとハチマキのように目《め》にタオルをまいて、バッターボックスにたっていたからだ。

「それがしのことは気《き》にしなくてよし。これがそれがしの打撃《だげき》フォームだ」

そういってそのひとは、手《て》に力《ちから》をいれた。球《たま》を見《み》ずに打《う》てるはずないのに……。

『ねえ、ヒカル。このひとってなんなの？　ちょっとおかしいんだけど』

『えっとね。このひとは伊東一刀斎《いとういっとうさい》さん。一刀流《いっとうりゅう》って流派《りゅうは》だよ。すごく強《つよ》いの』

『強《つよ》いっていっても……』

いくらなんでも、目《め》にタオルをまいたまま打《う》てるわけなんてないんだ。もしかすると、こっちをからかっているのかも。

——だとしたら、後悔《こうかい》させてやるぞ。

「いくよっ！　知《し》らないからね！」

ぼくはそういうと、マウンドをけってボールを投《な》げた。ちょっとカチンときたから、内《うち》側《がわ》のきびしいところへ。

でも、伊東一刀斎《いとういっとうさい》はどうじない。

「秘技《ひぎ》、夢想《むそう》スイング！」

そういうと、目《め》にタオルをまいたまま、風《かぜ》にゆられるようにゆらりとバットをふる。するとバットはどうしてか、ぼくのボールの軌道《きどう》をとらえていた。

「うそっ！」

見《み》えてないのに、どうして？　ぼくがそう思《おも》うと、頭《あたま》にひびくヒカルの声《こえ》。

『伊東一刀斎《いとういっとうさい》さんは、夢想剣《むそうけん》って奥義《おうぎ》を使《つか》うんだよ。無意識《むいしき》の状態《じょうたい》から敵《てき》を見《み》つけてくりだす、必殺《ひっさつ》の剣《けん》なんだ！　きっといまのスイングも、その応用《おうよう》だよ！』

『そんなバカな！』

そんな冗談《じょうだん》みたいな技《わざ》で打《う》たれたらたまらない。ぼくにだって意地《いじ》がある。

「いかせないぞっ！」

ぼくは右側《みぎがわ》を抜《ぬ》けそうな打球《だきゅう》に、飛《と》びついて手《て》をのばす。そしてグラブの中《なか》にボールがあることをかくにんすると、すばやくたちあがって、そのままボールをファーストへ。

でも、伊東一刀斎《いとういっとうさい》も全力《ぜんりょく》ではしっている。あせっているのか、バットを持《も》ったままだ。

タイミングはアウトかセーフか、かなりびみょうだけど……。

「どっちだっ！」

真田幸村《さなだゆきむら》の声《こえ》も聞《き》こえてくる。ハラハラしながら見守《みまも》っていると、
カツーン！

ファーストから音《おと》がした。

なんの音《おと》だろうと思《おも》ってよく見《み》ると、なんと伊東一刀斎《いとういっとうさい》、ぼくがファーストに送球《そうきゅう》したボールを、はしりながら自分《じぶん》のバットで打《う》ってしまっている！

「な、な、な、なにしてんのっ！」

おもわず大声《おおごえ》でつっこむぼく。そして誰《だれ》もが目《め》を点《てん》にする中《なか》、伊東一刀斎《いとういっとうさい》は一塁《るい》ベースをふみ、

「また、つまらぬものを打《う》ってしまったか……。無意識《むいしき》とはおそろしいものよ」

と、「どうだ」って感《かん》じでふっとわらう。

「……守備妨害《しゅびぼうがい》でアウトです」

一塁《るい》の青鬼《あおおに》は、手《て》を上《うえ》にかざした。伊東一刀斎《いとういっとうさい》は「うそ？」って顔《かお》で審判《しんぱん》を見《み》るけど、うそなわけがない。

「アホかー！」

「そもそも打《う》ったらバットをほうりなげろ！」

味方《みかた》からもきびしい声《こえ》が飛《と》ぶ。すると伊東一刀斎《いとういっとうさい》はしゅんと頭《あたま》をさげて、ベンチのほうへ帰《かえ》っていった。でも、あんなことしてしょんぼりするなんて、ちょっと図々《ずうずう》しいなとぼくは思《おも》った。

でも、これでなんとかワンアウト。

塚原卜伝《つかはらぼくでん》も一塁《るい》にかえされたし、気《き》をひきしめてがんばらないと。

そう思《おも》ってぼくは打席《だせき》を見《み》る。
するとそこには、桃《もも》のマークがはいったはっぴを着《き》て、いやに血色《けっしょく》のいいひとがたって
いた。なんとなく見覚《みおぼ》えがあるような、ないようなこのひとは……。
『桃太郎《ももたろう》さんだね！』
頭《あたま》にヒカルの声《こえ》が届《とど》く。
『……あの、ヒカル。質問《しつもん》なんだけど、桃太郎《ももたろう》さんって……』
『うん。桃太郎《ももたろう》さんっていうのはむかし、犬《いぬ》、サル、キジにきび団子《だんご》をあげておともにし
て、鬼ヶ島《おにがしま》へ鬼退治《おにたいじ》に……』
『いや、それはさすがにぼくでも知《し》ってるよ……』
でも、どうしておとぎ話《ばなし》の主人公《しゅじんこう》が、地獄《じごく》にきて野球《やきゅう》をやってるの……。そろそろ自分《じぶん》
の中《なか》にある常識《じょうしき》が、ガラガラとくずれおちてしまいそうだ。
『お話《はなし》の中《なか》のひとでも、おおぜいのひとの好意《こうい》が集合《しゅうごう》して、魂《たましい》を持《も》っちゃうこともあるん
だ。それに地獄《じごく》には鬼《おに》もたくさんいるし、居心地《いごこち》いいんじゃないかな』
ヒカルがのんきなことをいった。そういう問題《もんだい》じゃないと思《おも》うけど……。

ため息《いき》をついていると、

「やい、現世《げんせ》の人間《にんげん》！」

桃太郎《ももたろう》がぼくに金棒《かなぼう》をむけて、えらそうにいった。

「さっさと投《な》げろ！　この鬼《おに》の金棒《かなぼう》のさびにしてやるよ！」

「お、鬼《おに》の金棒《かなぼう》？」

「そうだ。鬼《おに》ケ島《がしま》にいったとき、鬼《おに》から没収《ぼっしゅう》した」

といって桃太郎《ももたろう》は、剣豪《けんごう》チームなのに鬼《おに》の金棒《かなぼう》を持《も》ってかまえる。もう、なにもかもがメチャクチャだ。しかも……。

「プ、ププ……、プレイ、ボール……」

って審判《しんぱん》の赤鬼《あかおに》が、桃太郎《ももたろう》を見《み》てビビりまくってる。この様子《ようす》じゃ判定《はんてい》だって、もしかしたら桃太郎《ももたろう》にとって有利《ゆうり》になっちゃうかもしれない。

それならここは、きわどいコースに投《な》げられない。思《おも》いきって真《ま》ん中《なか》へ投《な》げこんで、スピードで押《お》しきるしかない。桃太郎《ももたろう》といえども下位打線《かいだせん》だし、なんとかなるだろう。

「じゃあ、いくよ！」

「こい！」

桃太郎《ももたろう》はグッと体《からだ》をしずませた。そしてぼくは腕《うで》を回転《かいてん》させて、そのストライクゾーンにボールを投《な》げこむ。

「クソ！　速《はや》い！」

桃太郎《ももたろう》は苦《くる》しまぎれに鬼《おに》の金棒《かなぼう》をふるけど、それはちょっときゅうくつなスイング。球《たま》にガンとあてはしたけど、打球《だきゅう》はフラフラとたよりないフライになってしまう。

「ライト！　秀吉《ひでよし》さん！」

ぼくは飛《と》んだ打球《だきゅう》を指《ゆび》さす。簡単《かんたん》なフライで、これならなんなくボールをキャッチできるだろう。これでツーアウト……。と思《おも》ったそのとき！

「おい、そこのサル！」

桃太郎《ももたろう》が一塁《るい》にはしりながら、腰《こし》にぶらさげた袋《ふくろ》の中《なか》からなにかをとりだす。

「うるさい！　ワシはサルじゃないわい！」

秀吉《ひでよし》がボールを追《お》いながらこたえた。

「それはいま、どうでもいい！　それよりこれをやる！　ボールの代《か》わりに受《う》けとれ！」

そういって、桃太郎《ももたろう》は秀吉《ひでよし》になにかを投《な》げた。あれは、もしかして……。

『虎太郎《こたろう》クン、あれ、きび団子《だんご》だ！　お腰《こし》につけたきび団子《だんご》だよ！』

『そんなー！』

たしかお話《はなし》では、犬《いぬ》とサルとキジはきび団子《だんご》で仲間《なかま》になっていたはずだ。それならサルとほぼ同類《どうるい》の秀吉《ひでよし》は……。

「見《み》くびるなよ！　きび団子《だんご》ごときにつられるワシではない！」

秀吉《ひでよし》はきっぱりいって、ボールのほうを追《お》いかける。さすがくさっても戦国武将《せんごくぶしょう》だ……。

と思《おも》っていたら、

「やっぱり、ひとつわたしにくださいな！」

やはり本能《ほんのう》にはさからえないのか、秀吉《ひでよし》はクルッとターンすると、腕《うで》をのばしてきび団《だん》子《ご》にむかって飛《と》びこみ、大《だい》ファインプレーでそれをキャッチ。でも、かんじんの打球《だきゅう》は、ポーンと秀吉《ひでよし》のうしろではねて、ヒットになった。

「ハゲネズミィッ！」

空《そら》がおちてきそうな信長《のぶなが》の怒鳴《どな》り声《ごえ》。そしてきび団子《だんご》をほおばって逃《に》げる秀吉《ひでよし》。大《おお》わら

いしている相手《あいて》ベンチに、恥《は》ずかしそうに顔《かお》をふせるファルコンズのみんな。

――なんなんだ、ここの野球《やきゅう》は……。

ぼくはがっくり力《ちから》が抜《ぬ》けてしまう。

こんなプレーがヒットになるなんて……。ぼくは力《ちから》が抜《ぬ》けたままつぎの打者《だしゃ》、石川五《いしかわご》右衛門《えもん》に球《たま》を投《な》げるけど、やはり悪《わる》い影響《えいきょう》があったのか、あっさりフォアボールで歩《ある》かせてしまった。

これで塁《るい》はぜんぶうまってしまって、しかもまだワンアウト。

せっかく一点《いってん》リードをもらえたのに、またまた大《だい》ピンチだ。しかも打線《だせん》は上位《じょうい》にもどって、バッターボックスにたっているのは一番《ばん》の上泉信綱《かみいずみのぶつな》。

このたいへんな状況《じょうきょう》を0点《てん》におさえるだって？　そんなの……。

――もう、どうにでもなれ！

「いくよ！」

ぼくはひらきなおって、腕《うで》をふりかぶる。そして足《あし》をふみこんで投《な》げたボールは、上泉《かみいずみ》信綱《のぶつな》のストライクゾーンめがけてギューンとすすんだ。

スピードはでたボールだけど……。——あまくはいった。マズい！

打《う》たれる恐怖《きょうふ》が胸《むね》にさしこんでくるけど、もうおそい。

「もらった！」

そういって上泉信綱《かみいずみのぶつな》は、ボールめがけてするどくバットをふる。

それは見事《みごと》に球《たま》の芯《しん》をとらえ、サードをおそうライナーになった。ワンヒットで逆転《ぎゃくてん》という場面《ばめん》で、すごい打球《だきゅう》だ。

——これは、抜《ぬ》けてしまう……。

あきらめが胸《むね》をよぎったそのとき。

「独眼竜《どくがんりゅう》はすべてを見抜《みぬ》く！」

サードの伊達政宗《だてまさむね》は叫《さけ》び、手《て》をのばして思《おも》いっきりジャンプ。そしてそのグラブには、打《う》たれたボールがつきささるようにおさまった。すごい！

しかも伊達政宗《だてまさむね》はスキを見《み》せない。着地《ちゃくち》するとすばやく動《うご》いてサードベースをふみつける。すると飛《と》びだしていた塚原卜伝《つかはらぼくでん》は塁《るい》にもどれず、

「無念《むねん》！」

と、空《そら》を見《み》あげる。ダブルプレーの完成《かんせい》だ！

しかもこれでスリーアウト。一瞬《いっしゅん》で終《お》わった大《だい》ピンチに、ぼくはホッと胸《むね》をなでおろす。

ぼくは伊達政宗《だてまさむね》とグラブでタッチをして、ベンチにもどった。

でもなんとか0点《てん》におさえられたピンチだったけど、投《な》げた球数《たまかず》はけっこうふえた。

たぶんつぎの回《かい》の攻撃《こうげき》はぼくにまわってこないし、ベンチで少《すこ》しでも肩《かた》を休《やす》めておかなくちゃ。

※

この回《かい》は一番《ばん》の秀吉《ひでよし》から。

ぼくはつかれた体《からだ》を休《やす》めようと、ベンチで秀吉《ひでよし》のバッティングをぼんやりとながめていた。そして三球目《きゅうめ》に秀吉《ひでよし》が外野《がいや》フライをあげると、それをレフトの塚原卜伝《つかはらぼくでん》が、グラブ代《が》わりにしている鍋《なべ》のフタでキャッチ。ボールはピタッとその鍋《なべ》のフタにくっついた。

「塚原卜伝《つかはらぼくでん》さんは、鍋《なべ》のフタで宮本武蔵《みやもとむさし》さんの剣《けん》を受《う》けとめたこともあるんだよ。鍋《なべ》のフタのスペシャリスト」

ヒカルがいった。でもフタの表面《ひょうめん》は平《たい》らなのに、どうやってフライをキャッチしたんだろう。地獄《じごく》の野球《やきゅう》に常識《じょうしき》がつうじないのはわかっていたけど、せめて物理法則《ぶつりほうそく》にはしたがってほしい。

そう思《おも》いながら、ぼくはまたピッチャーの佐々木小次郎《ささきこじろう》に目《め》をもどした。

佐々木小次郎《ささきこじろう》のボールはあいかわらずすごくて、宮本武蔵《みやもとむさし》のリードどおりに、バンバンとボールを投《な》げこんでいっている。おたがいの信頼関係《しんらいかんけい》の強《つよ》さみたいなものが、そのピッチングでわかった。

でも、どうしてあんなに、野球《やきゅう》に一生懸命《いっしょうけんめい》になっているんだろう……？

ぼくはそう考《かんが》えて思《おも》いだす。そういえば、むこうは歴史《れきし》を変《か》えて、現世《げんせ》をサムライの世《よ》の中《なか》にする、っていってたっけ。

そう思《おも》っていると、

「どうだ、調子《ちょうし》は」

信長《のぶなが》がとなりに座《すわ》って、ぼくに声《こえ》をかけてきた。

「うん。まあまあ。……ねえ、聞《き》きたいことがあるんだけど」

「ほう。なんだ」

「むこうのチームのこと。どうして現世《げんせ》をサムライの世《よ》の中《なか》にする、なんていってるの？仲間《なかま》をふやしたいとか？」

ぼくが聞《き》くと、信長《のぶなが》は前《まえ》をむいた。

「それはワシにもわからんな。想像《そうぞう》はつくが……」

信長《のぶなが》はいって、腕《うで》をくむ。

「だが、いずれにせよ、やはり歴史《れきし》は尊重《そんちょう》せねばいかん。歴史《れきし》とはいままで生《い》きた全員《ぜんいん》がつくりあげた、かけがえのないものだからな」

「うん……」

まあぼくの場合《ばあい》は、自分《じぶん》がまず生《い》きかえらないといけないんだけど。

「……でも、サムライの世《よ》の中《なか》にするのが夢《ゆめ》って、なんか変《へん》なの。それならみんな、チョンマゲになっちゃうよ。桃太郎《ももたろう》さんみたいに」

ぼくは冗談《じょうだん》をいってわらった。そして信長《のぶなが》もわらってくれるかなって思《おも》ってとなりを見《み》たけど、でもその表情《ひょうじょう》はぴくりとも動《うご》いていなかった。

「——虎太郎《こたろう》よ。ワシも聞《き》きたいことがある」

「うん。なに？」

「どうしてプロ野球選手《やきゅうせんしゅ》をあきらめた？」

「え……。だってそんなの、……なれっこないし……」

「なれっこないかどうかは、いま、貴様《きさま》がきめることではないだろう。なにか原因《げんいん》がある。ちがうか？」

信長《のぶなが》はぼくのこころを見抜《みぬ》いたようにいった。ぼくはちょっと目《め》をさげて、

「……ある……」

と、つぶやくようにこたえた。

「やはりな。いってみろ」

「うん……」

※

あの日《ひ》。二週間《しゅうかん》くらい前《まえ》。

ぼくが大事《だいじ》な試合《しあい》で勝《か》った、その翌日《よくじつ》だった。

試合《しあい》を見《み》ていた友《とも》だちが学校《がっこう》の教室《きょうしつ》で、うれしそうにぼくのことを、まわりのクラスメイトに話《はな》していた。

虎太郎《こたろう》はすごいとか、相手《あいて》をいつも0点《てん》におさえるとか、そんな話《はなし》。ちょっとくすぐったかったけど、悪《わる》い気《き》はしなかった。

「虎太郎《こたろう》はさ、プロ野球選手《やきゅうせんしゅ》になるよ、きっと。すげえ野球《やきゅう》うまいし。ボールも速《はや》いしさ。なあ、虎太郎《こたろう》？」

友《とも》だちが、ぼくに話《はなし》をふる。

「うん。なれるようにがんばるんだ。ぼくの夢《ゆめ》だから」

ぼくはみんながいる前《まえ》で、そうこたえた。すると教室《きょうしつ》のすみから、

「なれるわけないだろ」

と、そんな声《こえ》が聞《き》こえてきた。見《み》るとそれはいつもクラスの中心《ちゅうしん》にいる男子《だんし》たちで、おもしろくなさそうにこっちを見《み》ている。

「そ、そりゃむずかしいかもしれないけど……。やってみなくちゃわからないよ。そのためにがんばってるんだから」

「バカじゃねえの？」

ぼくがいいかえすと、その男子《だんし》たちはみんなでこっちをむいた。表情《ひょうじょう》はニヤニヤしていて、いやな感《かん》じだった。

「ちょっと野球《やきゅう》がうまいだけのヤツが、なにいってんだ。野球選手《やきゅうせんしゅ》なんかなあ、選《えら》ばれたごく一部《いちぶ》の人間《にんげん》だけがなるもんだよ。虎太郎《こたろう》、おまえの野球《やきゅう》なんて見《み》たことないけど、きっとドラフトにかかるようになるには、あと百年《ひゃくねん》いるぜ」

そういった男子《だんし》は、声《こえ》をだしてわらった。すると彼《かれ》のまわりにいたヤツらも、それにつられるようにしてわらう。

そしてぼくは、その男子《だんし》たちのわらった顔《かお》が、すごくくやしくて、悲《かな》しくて、どうしようもなかった。その日《ひ》の授業《じゅぎょう》は、もう上《うわ》の空《そら》で聞《き》いていた。

ぼくは家《いえ》に帰《かえ》るとベッドに体《からだ》を投《な》げだして、まくらに顔《かお》をうずめた。そして昼間《ひるま》のことを思《おも》いだす。

どうしてぼくはわらわれたんだろう。

できっこないことに、ぼくが一生懸命《いっしょうけんめい》だから？　それがおかしかった？

きっと、ちょっと野球《やきゅう》ができるからって、野球選手《やきゅうせんしゅ》になりたいなんていったのがいけなかったんだろうな。うまいひとは、他《ほか》にいくらでもいるのに、ぼくがそんなことをいったから……。

野球選手《やきゅうせんしゅ》になるって、それが夢《ゆめ》だって、ぼくは大《おお》まじめに話《はな》していたつもりだったけど、もしかしたらそれは、他《ほか》のひとから見《み》たら冗談《じょうだん》に思《おも》えるくらい、可能性《かのうせい》の低《ひく》いことなのかもしれない。

そんなことを、ぼくはいままでがんばっていたなんて……。

そうだ。夢《ゆめ》なんてかなわないのがふつうなんだ。野球選手《やきゅうせんしゅ》なんてなれっこない。だからわらわれた。あいつは、かなうはずのない夢《ゆめ》を見《み》てるよって。

そう考《かんが》えると、ぼくはとても恥《は》ずかしくなった。夢中《むちゅう》だったから気《き》がつかなかったけど、ぼくの努力《どりょく》がそんな風《ふう》に見《み》えていたなんて。

もう、野球選手《やきゅうせんしゅ》はあきらめよう。

わらわれるだけだし、かないっこない。雲《くも》をつかむような話《はなし》だ。

野球《やきゅう》は趣味《しゅみ》でじゅうぶん。

ぼくはそう思《おも》って、こころのふかい場所《ばしょ》に、自分《じぶん》の夢《ゆめ》を押《お》しこんだんだ。

※

「――そんなことだろうとは思《おも》っておった。貴様《きさま》の野球好《やきゅうず》きは、筋金《すじがね》いりだったからのう」

信長《のぶなが》がいった。

「うん……。でも、もういいんだ。なれっこないって、わかっちゃったし」

ぼくはそうこたえる。そして信長《のぶなが》の顔《かお》を見《み》るけど、やっぱり表情《ひょうじょう》は変《か》わっていなかった。

「――のう、虎太郎《こたろう》。もうひとつ質問《しつもん》じゃ」

「うん。なに？」

「夢《ゆめ》をわらわれたときは、腹《はら》がたったか？」

「え、そ、そりゃ、そのときは」

「悲《かな》しかったか？」

「……うん」

「そうか。ならどうして……」

信長《のぶなが》はそういうと、ぼくを見《み》つめた。その目《め》は、ちょっとこわく感《かん》じた。

「どうしてさっき、貴様《きさま》はソードマスターズの夢《ゆめ》をひやかした？」

「え？」

ひやかした？　ぼくが？

「そうだ。さっきいったであろう。サムライの世《よ》の中《なか》が変《へん》であると」

「あ、いや……。あれはそんなつもりじゃ……」

「貴様《きさま》にそのつもりがなかったとしても、いわれた人間《にんげん》はどう思《おも》う？　それは貴様《きさま》がよく知《し》っているはずじゃ」

「…………」

ぼくはこたえられなかった。信長《のぶなが》のいっていることは、たしかにそのとおりだった。

「虎太郎《こたろう》」

下《した》をむいていると、信長《のぶなが》はぼくの名前《なまえ》を呼《よ》ぶ。

「ワシにもな、生《い》きていたころは夢《ゆめ》があった」

「夢《ゆめ》？　どんな？」

顔《かお》をあげて聞《き》くと、信長《のぶなが》は少《すこ》しわらっていった。

「天下統一《てんかとういつ》じゃ」

「天下《てんか》……、統一《とういつ》……」

「そうだ。さいごのさいごで死《し》んでしまったが、まあ、大方《おおかた》その夢《ゆめ》は、はたせたといっていいだろう。いい人生《じんせい》だった」

「それは……、信長《のぶなが》さんだからできたんだよ」

ぼくがいうと、信長《のぶなが》は首《くび》を横《よこ》にふった。

「そんなことはない。ワシとて若《わか》いころは、なんの力《ちから》も持《も》たぬ若造《わかぞう》だった。『あのうつけ者《もの》に、天下統一《てんかとういつ》などできるわけがない』と、さんざんいわれ、わらわれた」

信長《のぶなが》はいって、前《まえ》に目《め》をもどす。そこでは毛利元就《もうりもとなり》がくずれた体勢《たいせい》でボールを打《う》たされ、内野《ないや》ゴロにたおれていた。これでスリーアウトチェンジ。

「――だが、けっかとして天下《てんか》をほぼ統一《とういつ》できたのは、ワシがゆるぎない夢《ゆめ》を持《も》ち、そして他《ほか》の人間《にんげん》の声《こえ》を気《き》にしなかったこと。あとは夢《ゆめ》にむかってひたすらすすんだからだ」

そういって信長《のぶなが》はたちあがり、手《て》にはめたグラブへゲンコツをたたきこんだ。そして守《しゅ》備位置《びいち》であるファーストに歩《ある》いていく。

ぼくはそれを見《み》ながら、信長《のぶなが》の言葉《ことば》をこころの中《なか》でくりかえしていた。

――夢《ゆめ》にむかってひたすらすすんだからだ。

天下統一
OKEHAZAMA
Falcons

信長《のぶなが》の言葉《ことば》があったからかもしれない。

ちょっと気持《きも》ちを持《も》ちなおしたぼくは、たまに打《う》たれたりするものの、なんとかソードマスターズの攻撃《こうげき》を0点《てん》できり抜《ぬ》けていた。

だけど、それはむこうも同《おな》じ。

二回《かい》に失点《しってん》してから、佐々木小次郎《ささきこじろう》と宮本武蔵《みやもとむさし》のバッテリーは、ほぼ、かんぺきなピッチングをつづけている。内容《ないよう》でいえば、ぼくをはるかに上《うわ》まわるものだった。

それでもこのままいけば、一点《いってん》リードしているぼくたちが勝《か》てる試合《しあい》だ。

そう。このままいけば……。

※

六回裏《ろっかいうら》

六回裏《ろっかいうら》、ソードマスターズの攻撃《こうげき》。

ちょっと慎重《しんちょう》になりすぎたぼくは、先頭《せんとう》バッターの佐々木小次郎《ささきこじろう》にフォアボールをあたえ、一塁《るい》へ歩《ある》かせてしまう。ノーアウトのランナーだ。

せっかく調子《ちょうし》がよかったのにマズいなあ……。なんとかこのあとの打者《だしゃ》はおさえないと。

そう思《おも》って前《まえ》をむくと、そこにたっていたのはソードマスターズの外国人選手《がいこくじんせんしゅ》。

チョビひげをはやしていて、登録《とうろく》されている名前《なまえ》では、アーサー王《おう》ってなってるけど……。

『ねえヒカル。さっきから思《おも》ってたけど、「王《おう》」ってなに？　このひと、王様《おうさま》なの？』

ぼくはヒカルのほうを、チラッと見《み》て質問《しつもん》を頭《あたま》にうかべた。

『そうだよ！　しかも王様《おうさま》になったときの話《はなし》がすごいの。いまのイギリス、むかしのブリタニアって国《くに》で王様《おうさま》がきまらなかったとき、岩《いわ》につきささった剣《けん》があらわれて、それを抜《ぬ》くことができた者《もの》が国《くに》の王様《おうさま》になるって、神様《かみさま》のおつげがあったんだ』

『それを、このひとが？』

『そうっ。力《ちから》じまんも剣《けん》の達人《たつじん》も抜《ぬ》けなかったのを、王様《おうさま》の血《ち》をひくアーサー王《おう》さんだけが抜《ぬ》けたんだ。いろんな説《せつ》があるけど、それがあの有名《ゆうめい》なエクスカリバーかもって話《はなし》』

『あ、それは知《し》ってる』

ゲームとかにでてくる武器《ぶき》だ。どのゲームでも、すごい強力《きょうりょく》な武器《ぶき》として登場《とうじょう》する。でも目《め》の前《まえ》のアーサー王《おう》が持《も》っているのは……。

「少年《しょうねん》よ。さっきまでは凡退《ぼんたい》したが、今度《こんど》はそうはいかぬ。この『エクスカリバット』で地《ち》の果《は》てまでボールを飛《と》ばしてくれようぞ」

「えっと……それ、エクスカリ、バット？　アーサー王《おう》さん、せっかくだけど、ふつうのバットのほうがよくない？」

「これは余《よ》が選《えら》んだバットである。そのほうは気《き》にせずともよい」

アーサー王《おう》はそんなことをいうけど、ぼくは首《くび》をかしげる。

なぜならそのバット、なんとまだ岩《いわ》にささったままなのだ。アーサー王《おう》はプルプルふるえながら岩《いわ》ごと持《も》ちあげて、打席《だせき》にたっている。

あれ、なんのつもりだろう？　そう思《おも》っていると、ヒカルの説明《せつめい》が頭《あたま》に届《とど》く。

『アーサー王《おう》さん、地獄《じごく》にきてからエクスカリバーをバットにしたんだけど、バットってさきのほうが、ふとくなるかたちでしょ？　だから物理的《ぶつりてき》に岩《いわ》から抜《ぬ》けなくなったの』

じゃあ、おいてくればいいのに……。

「侮《あなど》るな、少年《しょうねん》！　このアーサー、たとえバットがどんなかたちでも……」

という気合《きあ》いもむなしく、アーサー王《おう》はそのあとあっけなく三球《さんきゅう》で三振《さんしん》して、ぼくはワンアウトをとった。

だけど安心《あんしん》したのもつかの間《ま》だ。

ゆだんしたわけでもないけど、ぼくはつぎの塚原卜伝《つかはらぼくでん》に、またしてもヒットを打《う》たれてしまう。さらに七番《ばん》の伊東一刀斎《いとういっとうさい》はなんとかアウトにしたものの、八番《ばん》の桃太郎《ももたろう》にはフォアボールをあたえてしまった。

ツーアウトまでとったけど、満塁《まんるい》の大《だい》ピンチ。

そしてむかえるのは、九番《ばん》の石川五右衛門《いしかわごえもん》。これまでの打席《だせき》ではぜんぶ見逃《みのが》し三振《さんしん》か、バットをふらずにフォアボールになっている打者《だしゃ》だ。一度《ど》もバットをふっていなくて、そのスイングはまだ未知数《みちすう》だ。満塁《まんるい》の場面《ばめん》でゆだんできない。

ぼくが緊張《きんちょう》でつばを飲《の》みこむと、

「待《ま》ってたぜぇ！　このときをよぉ！」

石川五右衛門《いしかわごえもん》はそういって、手《て》に持《も》つ大《おお》きくて長《なが》いキセルを、ズルズルひきずりながら打席《だせき》にはいってきた。それはシャーロック・ホームズが吸《す》っていそうな、パイプたばこみたいなやつで、これが石川五右衛門《いしかわごえもん》のバット代《が》わりだ。

「秀吉《ひでよし》がいるファルコンズよ！　恨《うら》みをはらしてやる！」

石川五右衛門《いしかわごえもん》はそういって、重《おも》そうなそれを持《も》ちあげた。でも初対戦《はつたいせん》からずっと思《おも》ってたけど、こんなのでまともに打《う》てるのだろうか？

『このひとは有名《ゆうめい》な忍者《にんじゃ》の弟子《でし》だったんだ。だから剣《けん》も強《つよ》いし、忍者《にんじゃ》を抜《ぬ》けてからは泥棒《どろぼう》になったんだよ。でも豊臣秀吉《とよとみひでよし》さんにつかまって処刑《しょけい》されちゃうから、それを恨《うら》んでソードマスターズにはいったみたいだね』

『そうなんだ。でも、ふつうのバットのほうがいいと思《おも》うんだけど……』

あんなので、まともに打《う》てっこない。なんであんなものをバットに……。

『バカにしちゃダメだよ、虎太郎《こたろう》クン。あれこそ石川五右衛門《いしかわごえもん》さんの武器《ぶき》なんだから』

『武器《ぶき》？　どうしてあんなのが？』

『あれはケンカキセルっていうの。むかしって一般《いっぱん》のひとは武器《ぶき》を持《も》てなかったから、あ

あやって、キセルを武器代《ぶきが》わりにするひともいたんだ。鋼鉄製《こうてつせい》で強力《きょうりょく》なの。石川五右衛門《いしかわごえもん》さんのトレードマークでもあるんだよ』

『あ、あれが……』

それなら、やっぱり用心《ようじん》するべきかもしれない。重《おも》そうだし、打《う》ったらどこまでも飛《と》んでいきそうだ。満塁《まんるい》だし、慎重《しんちょう》に投《な》げなくちゃ。

ぼくは徳川家康《とくがわいえやす》とサインをこうかんすると、ゆっくりと息《いき》をはきだす。そして神経《しんけい》をとがらせて、ていねいにキャッチャーミットめがけてボールを投《な》げこんだ。

でも……。

「ストライク！　バッターアウト！」

けっきょくはいままでどおり、石川五右衛門《いしかわごえもん》は見逃《みのが》しの三球三振《さんきゅうさんしん》。注意《ちゅうい》していたのに拍子抜《ひょうしぬ》けしていると、

「クソ。鋼鉄《こうてつ》じゃ重《おも》すぎてふれねえ」

と、石川五右衛門《いしかわごえもん》はボソッとつぶやいた。用心《ようじん》して損《そん》した。

ただ、これでようやくスリーアウトだ。満塁《まんるい》の大《だい》ピンチだったけど、どうにか0点《てん》でお

さえられた。

そして、いよいよ試合《しあい》は終盤《しゅうばん》に突入《とつにゅう》する。

相手《あいて》は強《つよ》い。でもなんとかこのままのがないと……。

七回裏《かいうら》

なんとかしのがないといけないのに、ぼくは七回裏《かいうら》にもピンチをまねいてしまう。

一番、二番《ばん》バッターをアウトにしたぼくだったけど、三番《ばん》の宮本武蔵《みやもとむさし》に、またもヒットを打《う》たれて一塁《るい》にたたれてしまった。

リードは一点《いってん》しかないのに……。

そしてむかえたのが、四番《ばん》の佐々木小次郎《ささきこじろう》だ。

「ようやくめぐってきたか、このチャンスが……。かならず点《てん》をいれてやるぞ」

佐々木小次郎《ささきこじろう》は、そういって打席《だせき》にはいってきた。

「ツーアウト一塁《るい》だよ。点《てん》なんていれさせない」

ぼくはくやしまぎれに反論《はんろん》する。すると佐々木小次郎《ささきこじろう》は少《すこ》しわらいながらぼくを見《み》て、口《くち》をひらいた。

「わからぬかな、虎太郎少年《こたろうしょうねん》。すべては自分《じぶん》のこころしだいなのだ」

「自分《じぶん》のこころしだい？」

「そうだ」

佐々木小次郎《ささきこじろう》はそういって、その長《なが》い物干《ものほ》しざおバットをかまえる。

「どんなにむずかしい目標《もくひょう》でも、自分《じぶん》がこころにきめたことなら、せっしゃはそれにむかってつきすすむ。誰《だれ》になにをいわれようと、たとえわらわれようと関係《かんけい》ない」

「わらわれても、関係《かんけい》ない……」

ぼくの頭《あたま》の中《なか》には、あのとき、クラスの男子《だんし》にわらわれた光景《こうけい》がうかぶ。そして首《くび》をふって、すぐにそれを自分《じぶん》の中《なか》から追《お》い払《はら》った。

——いまは、集中《しゅうちゅう》しないと。

ぼくは気持《きも》ちをきりかえて、佐々木小次郎《ささきこじろう》を見《み》た。

「打《う》たせないよ」

「口《くち》だけはりっぱなようだ。しかし、少年《しょうねん》よ。君《きみ》の迷《まよ》いのあるボールで、はたしてせっしゃをアウトにできるか？」

「わからないよ、そんなの……」

だいたいツーアウトでランナー一塁《るい》なんて、チャンスでもなんでもない。ツーベースヒットを打《う》ったって、ランナーがホームにかえれるか、わからないんだから。

ぼくがそんなことを小声《こごえ》でつぶやくと、

「ランナーはかえす。なにをいわれても、せっしゃのかたい意志《いし》はどうじないぞ、少年《しょうねん》」

「……意志《いし》だけじゃ、打《う》てないよ」

ぼくはいいかえす。でも佐々木小次郎《ささきこじろう》、いままでずっと聞《き》きまちがいをしていたのにどうして今回《こんかい》だけ、そんなに耳《みみ》がいいんだろう。

「じゃあ、投《な》げるよ！　ここで点《てん》はいれさせない！」

ぼくが大声《おおごえ》をだすと、

「こい、少年《しょうねん》！　ここで試合《しあい》をひっくりかえす！」

佐々木小次郎《ささきこじろう》のバットを持《も》つ手《て》に力《ちから》がこもる。

もう試合《しあい》も終盤《しゅうばん》だ。ここで佐々木小次郎《ささきこじろう》をおさえられたら、勝《か》ちがグッと近《ちか》づく。

ここで勝負《しょうぶ》をつけてやる！

「たあっ！」

ぼくは体中《からだじゅう》の力《ちから》をふりしぼって、腕《うで》を思《おも》いきりふり抜《ぬ》いた。

ボールには力《ちから》をこめられたと思《おも》う。指先《ゆびさき》にのこる手応《てごた》えも、かなりのものだ。

――このボールなら、空《から》ぶりをとれる！

ぼくはそう確信《かくしん》する。だけど……。

「あまいぞ、少年《しょうねん》！　夢《ゆめ》にむかう力《ちから》を思《おも》い知《し》れ！」

打席《だせき》からはそんな声《こえ》が聞《き》こえてくる。そして、

「ツバメがえし！」

そう叫《さけ》んだ佐々木小次郎《ささきこじろう》は、まるで飛《と》ぶ鳥《とり》をおとすようなスイングでバットをつきあげ、
ぼくが投《な》げたボールをひっぱたく。

それは一瞬《いっしゅん》の出来事《できごと》だったけど、ぼくにはスローモーションのように、ゆっくりとした動《うご》きで見《み》えていた。ボールがバットにあたる瞬間《しゅんかん》は、自分《じぶん》がなぐられたのかと思《おも》うくらい痛《いた》かった。

「これが我《われ》らの力《ちから》……。夢《ゆめ》にむかう原動力《げんどうりょく》よ」

佐々木小次郎《ささきこじろう》はバットをポイとほうりなげると、ゆっくりとはしりだす。そしてぼくはぼうぜんとしながら、打球《だきゅう》の行方《ゆくえ》をながめていた。

でも、そのボールがどこにむかうかは、もうわかりきっていた。

センターの井伊直虎《いいなおとら》も、見《み》あげるばかりでボールを追《お》っていない。

やがてみんなが見守《みまも》る中《なか》、打球《だきゅう》はゴンと重《おも》い音《おと》をたてて点数《てんすう》が表示《ひょうじ》されているスコアボードにぶつかると、そのままバックスクリーンにおちていった。

「逆転《ぎゃくてん》ツーランホームラン……」

誰《だれ》かのつぶやきが聞《き》こえてくる。ぼくは自分《じぶん》の顔《かお》が青《あお》ざめていくのがわかった。

——終盤《しゅうばん》のこの状況《じょうきょう》で、打《う》たれた……。

これで、3—4……。

お客《きゃく》さんの歓声《かんせい》が、ワッと地獄甲子園《じごくこうしえん》をつつむ。ソードマスターズのベンチはみんながたちあがって、ホームをふんだ佐々木小次郎《ささきこじろう》をむかえていた。

一方《いっぽう》のファルコンズは、みんなが顔《かお》をふせてむずかしい顔《かお》をしている。ぼくはマウンドにひざをついて、いつまでもスコアボードの方向《ほうこう》をながめていた。

絶望的《ぜつぼうてき》な気持《きも》ちが、ぼくのこころをおそう。

これが、佐々木小次郎《ささきこじろう》の力《ちから》。そしてソードマスターズが夢《ゆめ》にむかう力《ちから》なのか……。

4章《しょう》　武蔵《むさし》の意地《いじ》と小次郎《こじろう》の執念《しゅうねん》

	1	2	3	4	5	6	7	8	9	計	H	E
桶狭間	0	3	0	0	0	0	0			3	3	0
巌流島	2	0	0	0	0	0	2			4	9	0

OKEHAZAMA Falcons

1 豊臣　秀吉 右
2 井伊　直虎 中
3 毛利　元就 遊
4 織田　信長 一
5 真田　幸村 二
6 徳川　家康 捕
7 前田　慶次 左
8 伊達　政宗 三
9 山田虎太郎 投

B
S
O

UMPIRE

CH	1B	2B	3B
赤	青	黒	桃
鬼	鬼	鬼	鬼

巌流島 SWORD MASTERS

1 上泉　信綱 中
2 柳生十兵衛 三
3 宮本　武蔵 捕
4 佐々木小次郎 投
5 アーサー王 右
6 塚原　卜伝 左
7 伊東一刀斎 遊
8 桃　太　郎 一
9 石川五右衛門 三

八回表《かいおもて》

回《かい》が変《か》わってファルコンズの攻撃《こうげき》。二番手《ばんて》のバッターはぼく。でも……。

「ストライク！　バッターアウト！」

必死《ひっし》になってボールに食《く》らいついたけど、けっかはやっぱり手《て》も足《あし》もでずに三振《さんしん》。負《ま》けているいま、どんなかたちでもいいから塁《るい》にでたかったのに……。

先頭《せんとう》バッターの伊達政宗《だてまさむね》もファーストゴロにたおれたから、これでツーアウト。つぎのバッターは秀吉《ひでよし》だし、この回《かい》はもう期待《きたい》できないかな……。

ぼくがそう思《おも》ってベンチに帰《かえ》っていると、

「虎太郎《こたろう》」

ネクストバッターズサークルの秀吉《ひでよし》が声《こえ》をかけてきた。

どうしたんだろうと思《おも》って見《み》ると、秀吉《ひでよし》がマウンドを指《ゆび》さす。

するとそこにいる佐々木小次郎《ささきこじろう》はタイムをとっていて、どうやらくつひもをむすびなおしているようだった。

「待《ま》たされる時間《じかん》は、イライラするからのう。ちょっとワシと話《はな》していけ。元気《げんき》がないように見《み》えるし、相談《そうだん》にのるぞ」

そういって、秀吉《ひでよし》はひとつバットを素振《すぶ》りした。

「秀吉《ひでよし》さんが塁《るい》にでてくれたら、ぼく、元気《げんき》がでるかも」

「ふっ。まったく。子供《こども》のくせに、無理《むり》なことをいいよる」

ぼくの冗談《じょうだん》に、秀吉《ひでよし》は声《こえ》をだしてわらった。もうヒットはあきらめているみたいで、ますます元気《げんき》がなくなりそうになる。

「まあ、いいわい。なんとか、がんばってやろう。期待《きたい》しておけ」

「うん。もう打《う》ってもらうしかないから。くやしいけど、相手《あいて》は強《つよ》いよ」

「たしかにな。しかし、いっておいてやる。——おぬしも強《つよ》いぞ」

「え？　ぼくが？」

「そうじゃ。こころの迷《まよ》いをたちきれば、じゃがな」

「…………」

「虎太郎《こたろう》よ。悩《なや》むことは悪《わる》いことではない。ワシも生《い》きていたころ、とくに若《わか》いころは、どうやって生《い》きていこうか、いつも悩《なや》んでいた。しかし『信長様《のぶながさま》についていこう、そして天下《てんか》をとろう』と迷《まよ》いをすてて夢《ゆめ》をたてたとき、急《きゅう》に楽《らく》になったんじゃ」

秀吉《ひでよし》はそういうと、また素振《すぶ》りをした。そしてぼくを見《み》つめる。

「秀吉《ひでよし》さんも、悩《なや》みとか迷《まよ》いとかあったんだ」

「そうだ、虎太郎《こたろう》。おぬしはワシの若《わか》いころにそっくりじゃ。きっと悩《なや》みは解決《かいけつ》する」

秀吉《ひでよし》は軽《かる》くわらってそういった。はげましてくれたつもりかもしれないけど、似《に》ている

といわれたぼくは、ぜんぜんうれしくない。

「――お。タイムがとけたようじゃ。いっちょがんばってくるか。佐々木小次郎《ささきこじろう》のボール

にも、そろそろ目《め》がなれてきたからのう」

そういって、秀吉《ひでよし》はバッターボックスに足《あし》をむける。ぼくはそんな秀吉《ひでよし》に、

「――打《う》ってね」

ねがいをこめ、そういった。

「まかせとけ」

秀吉《ひでよし》は親指《おやゆび》をたてると、それをぼくに見《み》せていった。そして打席《だせき》にはいって佐々木小次《ささきこじ》郎《ろう》の一球目《いっきゅうめ》を打《う》つと、あっさり内野《ないや》ゴロにたおれてしまった。

九回表《かいおもて》

秀吉《ひでよし》にはツッコミたいことがいろいろあるけど、とりあえずぼくは、八回裏《かいうら》をなんとか三者凡退《さんしゃぼんたい》できり抜《ぬ》けた。

そして泣《な》いてもわらっても、たぶんさいごの攻撃《こうげき》になる九回表《かいおもて》。

もしもここで点《てん》がはいらなければ、その時点《じてん》で試合《しあい》は終《お》わる。

そのときはぼくは生《い》きかえることができないし、歴史《れきし》だって変《か》わってしまう。なにもかもとりかえしがつかなくなっちゃうんだ。

なんとか、点《てん》を……。

そう思《おも》っていると、

「心配《しんぱい》すんじゃねえ、虎太郎《こたろう》」

井伊直虎《いいなおとら》がぼくの前《まえ》にたっていった。この回《かい》の先頭《せんとう》バッターだ。

「いいか、虎太郎《こたろう》。あたしがかわいいと……、じゃなくてあたしが見《み》こんだ男《おとこ》はな、かならず出世《しゅっせ》するんだ。生《い》きていたとき、あたしの養子《ようし》になった直政《なおまさ》もそうだった」

「え……、うん」

たしか、ヒカルもそんなことといってたっけ。

「だから、おまえはかならず生《い》きかえらせてやる。そして夢《ゆめ》をかなえろ。あたしが見《み》こんだ男《おとこ》なんだからな。秀吉《ひでよし》から聞《き》いたぜ。プロ野球選手《やきゅうせんしゅ》になるんだろ？」

「い、いや……」

そんなの、なれっこないし。という言葉《ことば》が口《くち》からでかかる。だけど、井伊直虎《いいなおとら》の勢《いきお》いに押《お》され、それはのどの奥《おく》にひっこんだ。

「よっし！ 虎太郎《こたろう》は生《い》きかえってプロ野球選手《やきゅうせんしゅ》になるんだ。あたしがさせるんだ！ やってやるぜー！」

井伊直虎《いいなおとら》はバットをふりあげて、打席《だせき》にむかっていく。そしてバッターボックスにたつと、キッと佐々木小次郎《ささきこじろう》をにらみつけた。

――なんだかぼくをわらった男子《だんし》たちとは、正反対《せいはんたい》のことをいわれちゃったな。うれしいけど……。

そうだ。現世《げんせ》でも、ぼくを応援《おうえん》してくれるひとはいた。友《とも》だちにチームメイト。それに母《かあ》さんもそうだ。

なのにどうして、ぼくは夢《ゆめ》をあきらめちゃったんだろう……。

わらわれたから？　夢《ゆめ》がかなわないかもしれないから？　それだけのことで？

いろいろと思《おも》いだしていると、

カーン！

ひさしぶりにベンチで聞《き》く、気持《きも》ちのいい音《おと》。

あわてて目《め》をあげると、そこでは井伊直虎《いいなおとら》が体勢《たいせい》をくずされながらもボールに食《く》らいつき、根性《こんじょう》のヒットをはなっていた。

すごい！　ノーアウトで、それも同点《どうてん》のランナーだ！

「虎太郎《こたろう》を生《い》きかえらせるぞ！」

井伊直虎《いいなおとら》はそういって一塁《るい》にたち、ゲンコツを空《そら》につきあげた。くやしそうな佐々木小《ささきこ》

次郎《じろう》と宮本武蔵《みやもとむさし》。そして、

「いいぞ、井伊直虎《いいなおとら》!」

「さすが女地頭《おんなじとう》!」

勢《いきお》いづくファルコンズベンチのふんいき。ぼくは井伊直虎《いいなおとら》の言葉《ことば》がなんだかてれくさかったけど、こらえて前《まえ》をむいた。

するとそこではマウンドの佐々木小次郎《ささきこじろう》が、

「ええい、一本《いっぽん》ヒットがでたくらいで、騒《さわ》ぐでないわ」

と赤《あか》い顔《かお》をしてこちらをむいていた。口調《くちょう》はするどくて、かなりイラついているようだ。

きっと佐々木小次郎《ささきこじろう》もわかっているんだと思《おも》う。いま、ここが試合《しあい》の運命《うんめい》をにぎる場面《ばめん》だってことを。だからあせっている。

なぜならこの回《かい》は、あのひとに打順《だじゅん》がまわるから。

ぼくは手《て》をにぎって、攻撃《こうげき》の行方《ゆくえ》を見守《みまも》る。

すると三番《ばん》バッターの毛利元就《もうりもとなり》は秀吉《ひでよし》からのサインどおり、送《おく》りバント。コツンとていねいにボールにバットをあわせ、これでワンアウト二塁《るい》。

そしてつぎの打順《だじゅん》は、いよいよあのひと。

全身《ぜんしん》にただようオーラに、するどい目《め》つきは、やはりただ者《もの》じゃない。

しかもランナーをおいたこの状態《じょうたい》では、よけいにそれが目《め》をひく。他《ほか》のひととは、持《も》っているふんいきがだんちがいに感《かん》じられた。

もちろんその名《な》は織田信長《おだのぶなが》。

困《こま》ったとき、ピンチのときにはいつもなんとかしてくれる、ファルコンズがほこる最強《さいきょう》の四番《ばん》バッターだ！

「虎太郎《こたろう》よ」

打席《だせき》にむかう信長《のぶなが》が、こっちを見《み》た。ぼくが返事《へんじ》の代《か》わりに目《め》をあわせると、

「見《み》ておれ」

ひと言《こと》だけいうと、信長《のぶなが》はこちらに背中《せなか》を見《み》せて、むこうに歩《ある》いていく。

――やっぱり信長《のぶなが》。ここ一番《いちばん》の存在感《そんざいかん》が、並《なみ》はずれている。

と、思《おも》っていたら、

「はて」

バッターボックスの前《まえ》で信長《のぶなが》は、自分《じぶん》のあごをつまみ、考《かんが》え事《ごと》をした。

「どうかされましたか、織田《おだ》さん」

打席《だせき》にはいろうとしない信長《のぶなが》に、審判《しんぱん》が声《こえ》をかける。その表情《ひょうじょう》はふしぎそうだ。

「いや、自分《じぶん》の城《しろ》をでるときに、ガスの元栓《もとせん》をしめたか気《き》になってのう……」

そういってとぼけた顔《かお》をする信長《のぶなが》。

そしてそれを聞《き》いたまわりのひとは、あぜんとした表情《ひょうじょう》になっている。ぼくやヒカルもそうだ。とくに佐々木小次郎《ささきこじろう》は、きょとんと目《め》を白黒《しろくろ》させていた。信《しん》じられないって顔《かお》。

「な、な、なにをいっておるのだ、信長《のぶなが》どの、あなたは……」

「いや、それに戸《と》じまりも……。佐々木小次郎《ささきこじろう》よ、ちょっとワシの城《しろ》にいって、ガスと戸《と》じまりを見《み》てきてくれぬか?」

「か、からかうのもいいかげんにされよ、信長《のぶなが》どの!」

大《おお》きな声《こえ》でそう口《くち》にする佐々木小次郎《ささきこじろう》。そりゃ、あんなことをいわれたら、怒《おこ》るのはとうぜんだ。これには審判《しんぱん》も、

「試合《しあい》と無関係《むかんけい》なことはやめてください。バッターボックスにはいらないと、ルール違反《いはん》

でアウトにしますよ」

そう注意《ちゅうい》する。すると信長《のぶなが》は口《くち》をへの字《じ》にしたものの、審判《しんぱん》のいうとおりにバッターボックスにはいった。しかし……。

「あ。タイムじゃ。くつひもがほどけた」

またもそういって、試合《しあい》を中断《ちゅうだん》させる。これにはさすがに、観客席《かんきゃくせき》からもざわめきが聞《き》こえてきた。

――なにをやってるんだ？　信長《のぶなが》は……。

「いいかげんにしろ、信長《のぶなが》どの。さっきからノロノロと……」

「んん？　佐々木小次郎《ささきこじろう》よ。貴様《きさま》もさっき、くつひもでタイムをとっていたであろう。おたがいさまじゃ」

信長《のぶなが》は佐々木小次郎《ささきこじろう》にいった。そしてまた目《め》をおとし、くつひもをむすびなおす。その動作《どうさ》は、とてもゆっくりとしたものだった。

「なにをやっとるのじゃろうのう、信長様《のぶながさま》は」

秀吉《ひでよし》も心配《しんぱい》そうだ。

「佐々木小次郎《ささきこじろう》もイライラしておるぞ。待《ま》たされる時間《じかん》は、もどかしいものじゃからのう」

「そうだね……」

マウンドを見《み》ると佐々木小次郎《ささきこじろう》は顔《かお》を赤《あか》くして、ボールをにぎってはグラブの中《なか》にたたきこみ、それをくりかえしていた。じっとしていられないくらい、イライラしているようだ。

「……あ。でも、虎太郎《こたろう》クン。これってもしかして……」

ヒカルがなにか思《おも》いだしたようだ。

「どうしたの？」

「うん。さっきあたし、宮本武蔵《みやもとむさし》さんが佐々木小次郎《ささきこじろう》さんに勝《か》ったって話《はなし》をしたでしょ？」

「え、うん」

たしか巌流島《がんりゅうじま》ってところで決闘《けっとう》して勝《か》ったとか。

「あれが……」

ヒカルが説明《せつめい》をつづけようとしたところで、

「もう待《ま》てぬっ！　投《な》げるぞ、信長《のぶなが》どのっ」

そういって佐々木小次郎《ささきこじろう》はいかりのあまりに、その場《ば》へグラブを投《な》げすてた。それを見《み》た信長《のぶなが》、

「小次郎《こじろう》、敗《やぶ》れたり！」

と、たちあがってバットをかまえる。

「グラブは野球《やきゅう》をするに必要《ひつよう》な道具《どうぐ》。それを投《な》げすてるとは、貴様《きさま》、野球《やきゅう》をする気《き》がないと見《み》えるな！」

「こしゃくな、たわごとをいうな！」

佐々木小次郎《ささきこじろう》はいって、大《おお》きく腕《うで》をふりかぶる。

「いかん、おちつけ、小次郎《こじろう》！」

キャッチャーの宮本武蔵《みやもとむさし》が大声《おおごえ》でいってとめるけど、佐々木小次郎《ささきこじろう》は聞《き》く耳《みみ》を持《も》たない。

「せっしゃのボールが、打《う》てるかっ！」

佐々木小次郎《ささきこじろう》は腕《うで》をしならせ、

「真《しん》・スワローアタック！」

と、荒々《あらあら》しく腕《うで》をふり抜《ぬ》いた。そのボールはすさまじいスピードだったけど、それは二回《かい》と同《おな》じ。たぶん宮本武蔵《みやもとむさし》の『六輪配球《ろくりんのはいきゅう》』も無視《むし》している。冷静《れいせい》じゃないぶん、コントロールがあまい！

「やっぱり、そうだよ！　信長《のぶなが》さんはわざと佐々木小次郎《ささきこじろう》さんを怒《おこ》らせたんだ！」

ヒカルがたちあがっていった。

「わざと？　どうしてっ？」

「巌流島《がんりゅうじま》の決闘《けっとう》のとき、宮本武蔵《みやもとむさし》さんはわざと待《ま》ちあわせに遅刻《ちこく》して、佐々木小次郎《ささきこじろう》さんを怒《おこ》らせたんだよ！」

「わざと？」

「そう！　しかもイライラして刀《かたな》のさやを投《な》げすてた佐々木小次郎《ささきこじろう》さんに、『小次郎《こじろう》、敗《やぶ》れたり』っていって、さらに怒《おこ》らせたの。で、冷静《れいせい》さがなくなった佐々木小次郎《ささきこじろう》さんは、そのまま負《ま》けちゃったんだ！」

ヒカルは早口《はやくち》でいった。ヒカルの話《はなし》は、そのままさっきの信長《のぶなが》と一緒《いっしょ》だ。

——それなら！　そうぼくが思《おも》うのと、

「天下布武打法《てんかふぶだほう》！」

信長《のぶなが》のその大声《おおごえ》が聞《き》こえてくるのは、同《おな》じタイミングだった。

声《こえ》におどろいて打席《だせき》に目《め》をもどしたら、信長《のぶなが》はダイナミックにバットをフルスイング。

それは見事《みごと》にボールをとらえ、もしかして粉々《こなごな》になったんじゃないかと思《おも》うくらいの音《おと》を鳴《な》らして、佐々木小次郎《ささきこじろう》の球《たま》をぶっ飛《と》ばした。

その瞬間《しゅんかん》、スタジアムはしずまりかえる。

お客《きゃく》さんも、ソードマスターズも、ファルコンズも、みんな、ただ信長《のぶなが》が打《う》った打球《だきゅう》を見《み》あげて、ひと言《こと》もなにもいわなかった。

いや、そのあたりがすごすぎて、なにもいえなかったんだ。

やがて鳥《とり》のように飛《と》ぶボールは、地獄甲子園《じごくこうしえん》の場外《じょうがい》へと消《き》えていく。

そしてみんながその様子《ようす》を見守《みまも》っている中《なか》、信長《のぶなが》だけは冷静《れいせい》に内野《ないや》を一周《いっしゅう》して、ホームベースをふんでいた。

「まだ若《わか》いのう、佐々木小次郎《ささきこじろう》。ワシは二回《かい》に貴様《きさま》が調子《ちょうし》をくずしたときから、ずっとこれが貴様《きさま》の弱点《じゃくてん》だとにらんでおった」

信長《のぶなが》がホームベースの上《うえ》から、マウンドを見《み》つめる。

「相手《あいて》をゆだんさせたり、冷静《れいせい》さをなくさせたりして打《う》つのが天下布武打法《てんかふぶだほう》の神髄《しんずい》じゃ。貴様《きさま》の短気《たんき》は、生《い》きておったときから変《か》わらぬようじゃの。精進《しょうじん》せよ」

信長《のぶなが》がそういうと、佐々木小次郎《ささきこじろう》はマウンドにくずれた。するとしずまりかえっていたスタジアムが、ワッと騒《さわ》ぎだす。

逆転《ぎゃくてん》ツーランホームラン……。

しかも場外《じょうがい》のおまけつき！　これで4―5だ！

「すごい！　信長《のぶなが》さん！」

ぼくがそういってたちあがると、ファルコンズベンチは拍手《はくしゅ》でもりあがり、秀吉《ひでよし》がサルのモノマネ（あとで聞《き》いたらおどっていただけだった）をして信長《のぶなが》をベンチにむかえた。

お客《きゃく》さんも大《おお》きな声援《せいえん》をくれている。

一方《いっぽう》のソードマスターズは暗《くら》い顔《かお》だ。

それもそのはず。だって九回表《かいおもて》に、まさかのどんでんがえしを許《ゆる》してしまったんだから。

これで立場《たちば》は逆転《ぎゃくてん》した。ソードマスターズが勝《か》つには、九回裏《かいうら》に点《てん》をいれるしか方法《ほうほう》は
ない。でも、ぼくがそれを許《ゆる》さないぞ。

「虎太郎《こたろう》」

ベンチに座《すわ》った信長《のぶなが》が、ぼくを呼《よ》ぶ。

「見《み》ておったか」

「うん。もちろん」

「では、つぎは貴様《きさま》がワシに見《み》せてくれる番《ばん》だ」

「ぼくが？」

「そうだ。迷《まよ》いをたちきれ。そして貴様《きさま》の真《しん》の実力《じつりょく》を発揮《はっき》するのだ」

九回裏《かいうら》

この九回裏《かいうら》をおさえれば、ファルコンズの勝《か》ち。

ぼくは晴《は》れて生《い》きかえられる。

でも同点《どうてん》にされたら延長《えんちょう》、もしも逆転《ぎゃくてん》されたら、そのときはファルコンズの負《ま》けで試合《しあい》が終《お》わる。慎重《しんちょう》に、気合《きあ》いをいれて投《な》げないといけない。

……なのにぼくは、いきなり先頭《せんとう》バッターの上泉信綱《かみいずみのぶつな》を、

「ボール、フォアボール」

と、ねばられたすえに歩《ある》かせてしまった。同点《どうてん》のランナーをだしちゃったんだ。

「クソッ」

ぼくは肩《かた》をおさえた。

今日《きょう》は球数《たまかず》も多《おお》い。ちょっとつかれてる。

マズいぞ……。ノーアウトでこれは……。そう思《おも》って前《まえ》を見《み》ると、二番《ばん》の柳生十兵衛《やぎゅうじゅうべえ》は

もうバントのかまえ。一点《いってん》負《ま》けていて九回裏《かいうら》だから、とうぜんの作戦《さくせん》だ。

——簡単《かんたん》には、あてさせないぞ。

ぼくはそう思《おも》い、なんとかバントしにくいように投《な》げるけど、それを柳生十兵衛《やぎゅうじゅうべえ》はあっさりとうまくころがしてしまう。かなり器用《きよう》な打者《だしゃ》だった。

『柳生十兵衛《やぎゅうじゅうべえ》さんは、手裏剣《しゅりけん》を扇《おうぎ》で払《はら》ったって話《はなし》があるくらい、飛《と》んでくるものにあてるのが上手《じょうず》なんだよ』

ヒカルが教《おし》えてくれるけど、そういうものを野球《やきゅう》で発揮《はっき》しないでほしい。しかも、つぎはいよいよ……。

「ワンアウトランナー二塁《るい》。チャンスじゃな……」

宮本武蔵《みやもとむさし》はそういってニヤリとわらい、ゆっくりと打席《だせき》にはいってきた。

いやなところで、手《て》ごわい相手《あいて》にまわってきた……。今日《きょう》は二安打《あんだ》されているし……。

しかもここで出塁《しゅつるい》されると、それは逆転《ぎゃくてん》のランナーだ。敬遠《けいえん》も使《つか》えない。

「さあ、この二刀流《にとうりゅう》で決着《けっちゃく》をつけてやる」

宮本武蔵《みやもとむさし》はそういって、バットを二本《ほん》かまえた。試合《しあい》の行方《ゆくえ》がかかるこの場面《ばめん》で、ぼくはその様子《ようす》に、とてつもない迫力《はくりょく》を感《かん》じてしまう。

「――打《う》たせないよ。負《ま》けたらぼく、死《し》んじゃうんだから」

ぼくはかまえをとってから宮本武蔵《みやもとむさし》に強《つよ》がった。

「ほう。それは残念《ざんねん》だった。小僧《こぞう》、おまえの犠牲《ぎせい》は無駄《むだ》にはせん。かならずワシらがサムライの世《よ》の中《なか》をつくってやる」

「……歴史《れきし》だって変《か》えさせない。だいたい、どうしてサムライの世《よ》の中《なか》にしたいの？」

「どうして？　わからんか？」

宮本武蔵《みやもとむさし》は真顔《まがお》になった。そして、

「現世《げんせ》には、サムライがおらんからだ！」

と胸《むね》をはっていう。でも、ぼくにはそれがどういう意味《いみ》かわからない。

「そ、そりゃそうだよ。サムライの時代《じだい》なんて、日本《にほん》ではとっくに終《お》わってるよ。そっちにとっては残念《ざんねん》かもしれないけど、長《なが》い歴史《れきし》でそうなったんだから……」

しょうがないじゃない。ぼくはそう言葉《ことば》をつづけようとするけど、宮本武蔵《みやもとむさし》は首《くび》を横《よこ》にふった。

「そういうことではない。こころの話《はなし》をしているのだ」

「こころの？」

「そうだ。サムライとは姿《すがた》や知識《ちしき》のことをいうのではない。その生《い》きかたや行動《こうどう》、こころの持《も》ちかたをいうのだ」

「どういうこと？　チョンマゲに刀《かたな》が、サムライでしょ？」

「ぜんぜんちがう」

宮本武蔵《みやもとむさし》はバットをおろし、ぼくを見《み》つめた。

「サムライとは……、まあ、こまかいものをあげればキリがないが、もっとも大事《だいじ》なものは義《ぎ》と勇《ゆう》。それはすなわち、『まわりに流《なが》されず正義《せいぎ》を守《まも》る行動《こうどう》ができる』ということ。それこそがサムライなのだ」

「まわりに流《なが》されずに……」

ぼくは、自分《じぶん》のことを思《おも》いだす。ひとにわらわれて夢《ゆめ》をあきらめた、あのときを……。

あれもひとつの、まわりに流《なが》されてしまった行動《こうどう》だ。

「しかし現代《げんだい》にそんな人間《にんげん》は数《かぞ》えるほどしかおらぬ。どこをむいても、まわりに流《なが》されてただ生《い》きている人間《にんげん》だらけじゃ。それは、はたして生《い》きているといえるのか？　小僧《こぞう》、おまえもそうであろう？」

宮本武蔵《みやもとむさし》がぼくを見《み》る。そしてぼくは、それに反論《はんろん》できなかった。

「だからワシらの手《て》で、もう一度《ど》サムライの世《よ》の中《なか》をつくりなおすのだ。そうすれば世《よ》の中《なか》は生《い》きかえる。現世《げんせ》は安泰《あんたい》じゃ」

そういう宮本武蔵《みやもとむさし》の目《め》には迷《まよ》いがない。まわりに流《なが》されることなんて、きっとないんだろう。ましてやそれで、自分《じぶん》の信《しん》じている道《みち》をあきらめるなんて……。

「虎太郎《こたろう》！」

ちょっと目《め》をおとしていたら、一塁《るい》から信長《のぶなが》の声《こえ》がする。そちらを見《み》ると、

「こころから迷《まよ》いをなくすのだ！」

信長《のぶなが》は腕《うで》をくみ、そういっていた。

――こころから、迷《まよ》いを……。

「そうだぜ、虎太郎《こたろう》！」

考《かんが》えていると、センターから井伊直虎《いいなおとら》の声《こえ》も聞《き》こえる。するとサードからは、

「わたしたちも、全力《ぜんりょく》でバックアップする！　打《う》たせていこう！」

と、伊達政宗《だてまさむね》も。

みんなが、応援《おうえん》してくれているんだ……。

——よし……。

やってやるぞ。

どうやったら、こころから迷《まよ》いがなくなるかなんてわからないけど、でも、いま、そうならなきゃいけないことだけは、はっきりとわかった。

ぼくは覚悟《かくご》をきめる。そしてにらみつけるように、打席《だせき》を見《み》た。宮本武蔵《みやもとむさし》はもうなにもいわず、バットをかまえなおしている。

「……いくよ」

——いまはただ、全力《ぜんりょく》をつくすだけだ。

ぼくはかまえをとり、ゆっくりと投球動作《とうきゅうどうさ》にうつった。

まずふりかぶってから片足《かたあし》でたつと、じょじょに体重《たいじゅう》を前《まえ》にうつしていく。

そして足《あし》をふみこみ腕《うで》をムチのようにしならせると、指先《ゆびさき》に神経《しんけい》を集中《しゅうちゅう》させ、そこにいまのぼくの、すべての力《ちから》をそそぎこんだ。

「いっけえ！」

ぼくはボールをはなつ。それは自分《じぶん》の腕《うで》に、この試合《しあい》で一番《いちばん》の手応《てごた》えをのこした。

「！　さっきまでより、はるかにいい球《たま》だ！」

ボールを見《み》た宮本武蔵《みやもとむさし》の顔《かお》に、ほんの少《すこ》しあせりが見《み》えた。でも……！

「これならどうだっ！」

宮本武蔵《みやもとむさし》は二本《ほん》のバットを前《まえ》につきだす。そしてぼくが投《な》げたボールを、その間《あいだ》にガッチリはさみこんだ！

「な、なにをっ！」

予想外《よそうがい》のバッティングに、おもわず目《め》が点《てん》になるぼく。すると、

「これがワシの最終奥義《さいしゅうおうぎ》、『ハエばさみ』じゃっ！」

と、まるでつまんだものを投《な》げるように、宮本武蔵《みやもとむさし》はバットではさんだボールを、力《ちから》の

かぎりにブン投《な》げた。

「そんなっ！」

ぼくのあのボールをはさんだって？　そんなことが！

『宮本武蔵《みやもとむさし》さんは、ハエをお箸《はし》でつまんだ伝説《でんせつ》もあるんだよ！　これはきっとその応用《おうよう》だよ！』

ヒカルの声《こえ》がする。でも、そんなことが人間《にんげん》にできるの？

ぼくはくやしい気持《きも》ちになりながら、打球《だきゅう》を目《め》で追《お》った。それはショートの頭《あたま》を越《こ》え、左中間《さちゅうかん》におちようとしていたけれど……。

「虎太郎《こたろう》を生《い》きかえらせるんだっ！」

いい場所《ばしょ》で守《まも》っていた井伊直虎《いいなおとら》が声《こえ》をあげる。

彼女《かのじょ》はこっちに背中《せなか》を見《み》せながら、すごい勢《いきお》いでボールを追《お》ってはしっていた。そしてぐいっと腕《うで》をのばすと、落下点《らっかてん》にむかって飛《と》びこんだ。

「すごいっ！」

あの位置《いち》で守《まも》っているなんて……。

でも、はたしてボールをキャッチできただろうか？

井伊直虎《いいなおとら》のキャッチは、ぼくから見《み》てうしろむきだ。こちらからは、とれたかどうか見《み》えないけれど……。

ぼくはドキドキしながら、審判《しんぱん》の判定《はんてい》を待《ま》つ。

だけど審判《しんぱん》は、「フェア」とでもいうように腕《うで》を横《よこ》にしかけ……。

——いや！

「とったぞ！」

井伊直虎《いいなおとら》はたおれこみながら、自分《じぶん》のグラブを空《そら》にむかってつきあげる。その中《なか》には、たしかに白《しろ》いボールがおさまっていた。

「アウト！」

審判《しんぱん》は横《よこ》にしかけた腕《うで》を、たてにふりおろす。すると地獄甲子園《じごくこうしえん》は、井伊直虎《いいなおとら》の大《だい》ファインプレーにわきあがった。

——試合《しあい》を左右《さゆう》する、すごい守備《しゅび》だ。

ぼくはぼうしをとって、井伊直虎《いいなおとら》にお礼《れい》をしめした。すると井伊直虎《いいなおとら》は、とてもさわやかな笑顔《えがお》を見《み》せて、こっちにボールをかえしてくる。

「クソッ！　運《うん》がない！」

宮本武蔵《みやもとむさし》はくやしそうに、ベンチへ帰《かえ》っていく。ぼくはその様子《ようす》を、チラリと横目《よこめ》でながめていた。

たしかに、宮本武蔵《みやもとむさし》には運《うん》がなくて、ぼくに運《うん》があった一球《いっきゅう》だった。いまのはヒットになって、それも同点《どうてん》にされていてもおかしくないあたりだ。

――でも……。

井伊直虎《いいなおとら》のプレーには、迷《まよ》いがなかった。それがぼくをすくってくれた。

自分《じぶん》を信《しん》じて、ダメになったときのことなんか考《かんが》えていないプレーだ。

ぼくを生《い》きかえらせてくれるために、そして歴史《れきし》を変《か》えないというファルコンズの使命《しめい》のために、ひたすら行動《こうどう》してくれているんだ。

きっと井伊直虎《いいなおとら》には、まわりの声《こえ》なんか関係《かんけい》ないだろう。たとえぼくみたいにわられたって、自分《じぶん》の目的《もくてき》をはたすはずだ。

――なら、ぼくはなにをすべきだろう。まだ、迷《まよ》いはたしかにのこっている……。

「武蔵《むさし》は負《ま》けたが、虎太郎少年《こたろうしょうねん》のピンチはまだ終《お》わっていないぞ」

考《かんが》えこんでいると、打席《だせき》から声《こえ》が聞《き》こえてくる。

視線《しせん》をうつすとそこにたっていたのは、ソードマスターズの四番《ばん》、佐々木小次郎《ささきこじろう》。長《なが》い
長《なが》いバット、『物干《ものほ》しざおバット』を持《も》って、じっとぼくを見《み》つめている。

「わかってるよ。でも、ツーアウトだし。そっちだって、もう、あとがないはずだよ」

「たしかに。おたがいつらいのう」

佐々木小次郎《ささきこじろう》はちょっとだけわらうと、バットをかまえた。

「だが、せっしゃらには夢《ゆめ》がある。ここで歩《あゆ》みをとめるわけにはいかん」

「そんなの、ぼくだって同《おな》じだよ」

「なんとでも口《くち》にするがいい。誰《だれ》になにをいわれようと、せっしゃらの夢《ゆめ》には関係《かんけい》ない。

現世《げんせ》にサムライのこころをとりもどすのだ」

「させないっ。ぼくは生《い》きかえる！」

「……ふっ。なまいきな少年《しょうねん》よ。ちょっとお灸《きゅう》をすえてやらねばなるまいて」

「お、お灸《きゅう》をすえるだって……？」

ぼくが一歩《いっぽ》あとずさると、

「ほう……。わからないか？」

佐々木小次郎《ささきこじろう》はニヤリとわらう。もしかしてまだなにか、必殺打法《ひっさつだほう》を……？

「ならば教《おし》えてやろう。お灸《きゅう》をすえるとは、アツい灸《きゅう》をツボにおいて治療《ちりょう》をすることをいうのだ。しかしそれはきつくこらしめてやるという別《べつ》の意味《いみ》も……」

佐々木小次郎《ささきこじろう》は説明《せつめい》しはじめるけど、ぼくは言葉《ことば》の意味《いみ》を聞《き》きたいんじゃない。緊張《きんちょう》して損《そん》した。

「もういいよっ！　投《な》げるよ！」

いつまでもつきあっていられない。あとワンアウトでファルコンズの勝《か》ちなんだ。ぼくは気合《きあ》いとともに、腕《うで》をふりかぶる。そして、

「こっちだって、勝《か》たなきゃいけないんだっ！」

思《おも》いっきり腕《うで》をふり抜《ぬ》き、たたきつけるようにボールを投《な》げた。

――どうだ！

さっきの宮本武蔵《みやもとむさし》に投《な》げたような、力《ちから》いっぱいのボールだ。誰《だれ》にだってそうそう打《う》てない。打《う》てるはずがない！

そう思《おも》い、ぼくは投《な》げたボールを見守《みまも》る。しかしバットをふってくるかと思《おも》った佐々木《ささき》小次郎《こじろう》は、じっと見《み》つめてそのボールを見逃《みのが》した。

「ストライク！」

ズバンとキャッチャーミットから音《おと》が鳴《な》ると、ひびきわたる審判《しんぱん》のコール。

手《て》がでなかったのかな？　ちょっと拍子《ひょうし》抜《ぬ》けだ。それでもストライクをとれたことにホッとしていると、

「ふふふ……」

佐々木《ささき》小次郎《こじろう》は、不敵《ふてき》な笑《え》みをうかべていた。

「……なにがおかしいの？」

「いや、たしかにさっきまでよりボールはよくなっておるが……。まだまだ、せっしゃをアウトにはできぬ球《たま》だと思《おも》ってな」

「そんなことない！」

ぼくはキャッチャーからボールを受《う》けとりながら、強《つよ》い口調《くちょう》でいいかえした。

「ぼくのことは、みんなが応援《おうえん》してくれている！　ファルコンズは歴史《れきし》が変《か》わるのを阻止《そし》

するんだから！　みんなが一生懸命《いっしょうけんめい》なんだ！」

「笑止《しょうし》！」

佐々木小次郎《ささきこじろう》はまるで指《ゆび》さすように、物干《ものほ》しざおバットをこちらにむけた。

「たしかにファルコンズはそうであろう。だからこそ、我《われ》らも苦戦《くせん》している。しかし虎太《こた》郎少年《ろうしょうねん》はどうだ？」

「ぼ、ぼく？」

「そうだ。君《きみ》からはなにも感《かん》じられん。ただ野球《やきゅう》がうまいだけだ。たしかに生《い》きかえりたいという思《おも》いは強《つよ》いだろう。しかし、それだけではたりぬ。生《い》きかえってどうする？　夢《ゆめ》は？　目標《もくひょう》はあるのか？　我《われ》らにはそれがあるのだ」

「ゆ、夢《ゆめ》……」

ぼくはいわれて、考《かんが》えこんだ。母《かあ》さんにはユーチューバーになりたいっていったけど、やっぱり夢《ゆめ》といわれてさいしょにでてくるものは……。

…………。

「……い、いまは夢《ゆめ》なんて関係《かんけい》ないっ！」

ぼくは頭《あたま》をふった。そして考《かんが》えを追《お》い払《はら》うように、大《おお》きく腕《うで》をふりかぶる。

――見《み》てろ！

ぼくはボールをぎゅっとにぎるとマウンドをけり、

「たあっ！」

声《こえ》をあげて腕《うで》をふりきった。すると指《ゆび》にさっきと同《おな》じくらいの手応《てごた》えをのこして、ボールは空気《くうき》をきりさいていく。でも――、

「だから、あまいといっているんだ！」

佐々木小次郎《ささきこじろう》の眼光《がんこう》がするどく光《ひか》った。そして力《ちから》をためるようにグッと体《からだ》をしずませると、その物干《ものほ》しざおバットを大《おお》きくスイングする。

ガイン！

それはにぶい音《おと》を鳴《な》らすと、食《く》いこむようにボールをとらえた。そして佐々木小次郎《ささきこじろう》は歯《は》を食《く》いしばりながら、そのまま自分《じぶん》の背中《せなか》にまわるまでバットをふり抜《ぬ》く。

「うそっ！」

打《う》たれたボールはすごい勢《いきお》いのライナーで、ぼくはあせって打球《だきゅう》を目《め》で追《お》った。見《み》ると

その打球《だきゅう》は一塁線《るいせん》の上《うえ》をスタンドめがけ、まるで線《せん》をひくようにギューンと一直線《いっちょくせん》に飛《と》んでいる。

――ヤバい！

これは最悪《さいあく》だ。ホームランはダメだ。ホームランだけは……！

『きれて～』

ヒカルの声《こえ》が聞《き》こえてくる。その思《おも》いはぼくも同《おな》じだった。

するとそのボールは、ぼくたちのおねがいを聞《き》いてくれたわけでもないだろうけど、少《すこ》しずつ少《すこ》しずつ右《みぎ》のほうへ、ゆっくりとかたむいていく。――たのむ！

祈《いの》るように見《み》ていると、それはやがてファールラインを割《わ》って、わきあがるスタンドの中《なか》へ、ストンとはいっていった。

きれた……。ファールだ……。

「た、助《たす》かった……」

つぶやき、ぼくは胸《むね》に手《て》をあててホッとする。どよめいていたスタンドも、ファールとわかるとだんだんしずかになっていった。

もしもここでツーランホームランなんか打《う》たれたら、その時点《じてん》で試合《しあい》は終了《しゅうりょう》。ファルコンズの逆転負《ぎゃくてんま》けになり、ぼくも生《い》きかえれないし、歴史《れきし》も変《か》わる。

ぼくはこわくなって、自分《じぶん》の手《て》を見《み》つめた。すると、

「いまのはいい球《たま》だったようだ。せっしゃも少《すこ》しタイミングがくるった。だが」

佐々木小次郎《ささきこじろう》の声《こえ》がする。目《め》をあげて打席《だせき》を見《み》ると、佐々木小次郎《ささきこじろう》はたつ位置《いち》を調整《ちょうせい》しながら、ぼくへの言葉《ことば》をつづけた。

「つぎはない。いまくらいのボールなら、確実《かくじつ》にスタンドにはこんでやる」

「…………」

ぼくはもう、その言葉《ことば》にいいかえせなかった。たぶん投《な》げても佐々木小次郎《ささきこじろう》のいうとおりになるだろうと、本能《ほんのう》でわかってしまった。

でも、じゃあどうする？

いまのぼくに、あれ以上《いじょう》の球《たま》なんて……。

「虎太郎《こたろう》」

手《て》を見《み》つめていると、いつのまにかそばに信長《のぶなが》がきていた。するどい視線《しせん》で、穴《あな》を開《あ》け

るようにぼくを見《み》つめている。

「こわいのか？」

信長《のぶなが》は問《と》いかけてくる。ぼくはその視線《しせん》から、目《め》をそらした。くやしくていたたまれなかったから。でも信長《のぶなが》は、

「聞《き》け」

低《ひく》い声《こえ》でそういってぼくの肩《かた》をつかみ、強引《ごういん》に自分《じぶん》のほうへむかせた。

「なにするの」

「なにをする？　佐々木小次郎《ささきこじろう》を破《やぶ》る方法《ほうほう》を、ワシがさずけてやろうとしているのだ」

信長《のぶなが》はまじめな顔《かお》で、そういった。

「そんなの……、あるの？」

「さあな。貴様《きさま》しだいだ」

「ぼく？」

自分《じぶん》を指《ゆび》さして聞《き》くと、信長《のぶなが》は質問《しつもん》にはこたえずに佐々木小次郎《ささきこじろう》を見《み》た。

「虎太郎《こたろう》よ。やつらを見《み》て思《おも》わぬか。夢《ゆめ》にむかう力《ちから》とは、なんと強《つよ》いことかと」

「…………？」

ぼくには話《はなし》の意味《いみ》がわからなかった。夢《ゆめ》にむかう力《ちから》？　そんなこと、いまはどうだっていい。ぼくは佐々木小次郎《ささきこじろう》の攻略法《こうりゃくほう》を教《おし》えてくれると思《おも》っていたのに……。

「どうだ。思《おも》わぬのか？」

「――よく、わからない」

ぼくはぶっきらぼうに、そうこたえた。

「そうか。だが、ワシにはよくわかる。かつてはワシもそうだったからのう。天下統一《てんかとういつ》という野望《やぼう》があったからこそ、あそこまで領土《りょうど》をひろげられた。戦《いくさ》がうまいだけでは、とうていできんかっただろう」

いわれてぼくは思《おも》いだす。

――君《きみ》からはなにも感《かん》じられん。ただ野球《やきゅう》がうまいだけだ。

佐々木小次郎《ささきこじろう》もさっき、そんなことをいっていたっけ。もしかしたらあれは、信長《のぶなが》と同《おな》じことをいいたかったのかもしれない。

そう思《おも》っていると、

「虎太郎《こたろう》。貴様《きさま》の夢《ゆめ》はなんだ」

とうとつに、信長《のぶなが》はそんなことを聞《き》いてくる。しかもそれは、ぼくにとってとてもこたえにくい質問《しつもん》だった。

「ゆ、夢《ゆめ》なんて……、もう……」

うつむきかけると、

「迷《まよ》うな！」

信長《のぶなが》が大《おお》きな声《こえ》をだした。

「夢《ゆめ》をあきらめた人間《にんげん》が、それほど迷《まよ》った目《め》をするか！　それはまだ夢《ゆめ》に未練《みれん》がある証《しょう》拠《こ》！　その夢《ゆめ》をなくして貴様《きさま》が生《い》きていけるかどうか、考《かんが》えてみろ！」

「生《い》きていけるか……」

ぼくはくちびるをむすんで、自分《じぶん》のこころの中《なか》に問《と》いかけた。

野球《やきゅう》を、なくして？　そのまま生《い》きる？　もう野球選手《やきゅうせんしゅ》になれない？　そんなの……。

Falcons

イヤだ。イヤにきまってる。野球《やきゅう》のない人生《じんせい》なんて！

ぼくが目《め》をあげると、信長《のぶなが》はきびしい視線《しせん》でこちらを見《み》かえしてきた。

「いいか。夢《ゆめ》とは負《ま》けたときに終《お》わるのではない。あきらめたときに終《お》わるのだ。だから他《ほか》の人間《にんげん》の意見《いけん》で夢《ゆめ》を消《け》してはならぬ。いつも自分《じぶん》の中《なか》にこたえを持《も》て」

「たとえ、わらわれても？」

ぼくが聞《き》くと、信長《のぶなが》は力強《ちからづよ》くうなずいた。

「夢《ゆめ》をわらうような小物《こもの》が、貴様《きさま》のジャマになることはない。夢《ゆめ》を持《も》てないから、ひとを見《み》てわらうのだ。かわいそうだと、許《ゆる》してやれ」

「……夢《ゆめ》を見《み》ても、かなわないかもしれない」

「たしかにそうだ。だが夢《ゆめ》をかなえた者《もの》は、全員《ぜんいん》がそれを追《お》いかけていた。そしてそれはたとえ失敗《しっぱい》しても貴様《きさま》をより強《つよ》く、りっぱにしていくだろう。なにもおそれるな」

いいきると信長《のぶなが》は、クルッとまわってぼくに背中《せなか》を見《み》せる。そしてにらむように横目《よこめ》でこちらを見《み》てから、

「理想《りそう》を持《も》ち、自分《じぶん》の信《しん》じた道《みち》を生《い》きよ」

そういいのこして、ファーストへとかえっていった。

ぼくはその間《あいだ》、ずっと信長《のぶなが》の背中《せなか》を見送《みおく》っていた。信長《のぶなが》の話《はなし》を聞《き》いていると、自分《じぶん》の中《なか》にあるなにかが、ガラガラとくずれさっていくような感覚《かんかく》があった。

――自分《じぶん》の信《しん》じた道《みち》を……。

ぼくの信《しん》じた道《みち》って、なんだろう。いや、そんなの、わかりきってるじゃないか。どうしていままで、ぼくは自分《じぶん》の中《なか》にそれを閉《と》じこめていたんだろう。

頭《あたま》の中《なか》にあった、ぼくをわらった男子《だんし》の顔《かお》に、ひびがはいる。いまの自分《じぶん》の気持《きも》ちの前《まえ》にはもう、そんなことはどうでもよかった。

ぼくは決意《けつい》をこめて、打席《だせき》に視線《しせん》をうつした。そこでは迷《まよ》いのない目《め》をした佐々木小次《ささきこじ》郎《ろう》がバットをかまえ、じっとぼくを見《み》ていた。

「ねえ、佐々木小次郎《ささきこじろう》さん」

呼《よ》びかけると、佐々木小次郎《ささきこじろう》は表情《ひょうじょう》で「なんだ？」と、問《と》いかえしてきた。

「あのさ、さっきぼくに聞《き》いてたよね。夢《ゆめ》とか目標《もくひょう》とか」

「ん、ああ」

佐々木小次郎《ささきこじろう》はぼくの質問《しつもん》が予想外《よそうがい》だったのか、かまえをといてこたえる。

「……ほう。さっきまでとは、なにかちがうな……。少年《しょうねん》よ。目指《めざ》すものが、なにか見《み》つかったのか？」

「うん。見《み》つかったっていうか、本当《ほんとう》はもともとあったんだ。自分《じぶん》の中《なか》に」

返事《へんじ》をするとしっかり目《め》をひらき、ぼくは佐々木小次郎《ささきこじろう》を見《み》た。そして、

「ぼくは、野球選手《やきゅうせんしゅ》になるっ！」

はっきりとした口調《くちょう》で、そういった。

そしてそういった瞬間《しゅんかん》、頭《あたま》の中《なか》にあったあの男子《だんし》の顔《かお》が粉々《こなごな》になり、自分《じぶん》の中《なか》のなにかが自由《じゆう》になった気《き》がした。まるでつながれていた鎖《くさり》から、解放《かいほう》されたような気分《きぶん》だった。

――そうだ。少《すこ》し前《まえ》まで、ぼくはこんな気持《きも》ちの中《なか》で野球《やきゅう》をしていたじゃないか。

思《おも》いだすと、体《からだ》の底《そこ》から力《ちから》がみなぎってくる。いや、これはみなぎってくるというよりも、とりもどしたというほうが正《ただ》しいかもしれない。

「そうか」

佐々木小次郎《ささきこじろう》は、ぼくを見《み》たまま視線《しせん》を動《うご》かさない。

「――少年《しょうねん》よ。いい目《め》になった。その目《め》をしていれば、夢《ゆめ》はかならずかなうであろう。ただ……」

佐々木小次郎《ささきこじろう》はいって、またバットをたてた。

「せっしゃたちが、地獄甲子園《じごくこうしえん》に参加《さんか》していなければ、の話《はなし》だがな」

「ううん。相手《あいて》が誰《だれ》でも、もうなにをいわれても野球選手《やきゅうせんしゅ》になるよ」

「いいよるわ」

佐々木小次郎《ささきこじろう》はニヤリとわらう。

「試合《しあい》の中《なか》で成長《せいちょう》したな、少年《しょうねん》。いや、虎太郎《こたろう》どのよ。いまの貴殿《きでん》なら、せっしゃがのぞむ勝負《しょうぶ》ができそうだ」

「のぞむ勝負《しょうぶ》？」

「いったはずだ。我《われ》らは弱《よわ》い相手《あいて》と戦《たたか》いたいのではないと」

佐々木小次郎《ささきこじろう》の手《て》に力《ちから》がこもる。

「強《つよ》い相手《あいて》の全力《ぜんりょく》に勝《か》ち、強《つよ》くなって夢《ゆめ》をかなえる。それこそが、せっしゃたちサムライの生《い》きる道《みち》。そして我《われ》らがつくりたい世《よ》の中《なか》だ」

「でもぼくの球《たま》は打《う》てない」

ぼくはそういうと、腕《うで》を大《おお》きくふりかぶった。そしてキャッチャーミットを見《み》すえる。

いま、ぼくのこころの中《なか》では、本気《ほんき》の夢《ゆめ》がたしかにもえあがっていた。

ボールゾーンになんて投《な》げない。

カウントはもうツーストライク。肩《かた》のつかれはどうしようもないし、試合《しあい》が長《なが》びくと、ぼくに不利《ふり》だ。それにいまのぼくなら、つぎの一球《いっきゅう》できめられる。自信《じしん》はある。

——いくぞ！　負《ま》けられない理由《りゆう》が、ぼくにはある！

「こい！」

佐々木小次郎《ささきこじろう》の声《こえ》にあわせて、ぼくはボールを持《も》った手《て》をお腹《なか》におろす。そしてその手《て》をかかえこむように足《あし》をあげると、それをそのまま大《おお》きく前《まえ》にさしだした。

もう、誰《だれ》にもジャマはさせない。ぼくは自分《じぶん》の夢《ゆめ》を手《て》にいれる！

「これがぼくの、全力《ぜんりょく》だっ！」

そういってふみこんだ足《あし》に自分《じぶん》の全体重《ぜんたいじゅう》をのせた瞬間《しゅんかん》、ぼくの右腕《みぎうで》からはなたれたボールは、かつてない手応《てごた》えを体全体《からだぜんたい》にのこした。

「これはっ！　速《はや》いっ！」

佐々木小次郎《ささきこじろう》はおどろいた顔《かお》をしたが、すぐにバットを反応《はんのう》させた。それはこの試合《しあい》で何度《なんど》か見《み》た、下《した》から上《うえ》につきあげる、あの……。


「いくぞ！　奥義《おうぎ》！　つばめがえし！」


そうだ。ホームランを打《う》たれた、あの打《う》ちかただ！

ぼくのボールは、あの奥義《おうぎ》に勝《か》てるか？

いや、きっとだいじょうぶ。だいじょうぶなはずだ。いまから一瞬《いっしゅん》あと、あのボールはかならずキャッチャーミットにおさまる。

なぜなら投《な》げたボールには、ぼくのすべてをこめたから。生《い》きかえってプロ野球選手《やきゅうせんしゅ》になるんだという、夢《ゆめ》をかけた球《たま》だから。

絶対《ぜったい》に、打《う》てない！　打《う》てるはずがない！

ぼくの気持《きも》ちは、強《つよ》く確信《かくしん》していた。そして、バシイッ！

地獄甲子園《じごくこうしえん》には、ムチを打《う》つような音《おと》が鳴《な》りひびく。

一瞬《いっしゅん》のまばたきのあとに見《み》ると、ふられたバットは佐々木小次郎《ささきこじろう》のその背中《せなか》までまわっていた。あの打《う》ちかたで、フルスイングしたようだ。じゃあ、ボールは？

——まさか……。

そう思《おも》って目《め》をこらすと、

「……見事《みごと》だ。虎太郎《こたろう》どの」

佐々木小次郎《ささきこじろう》は、空《そら》を見《み》あげてそういった。そしてそのうしろ、キャッチャーミットの中《なか》におさまっていたのは、きらめきをはなつ白《しろ》いボールだった。

「ストライク！　バッターアウト！」

審判《しんぱん》の赤鬼《あかおに》が手《て》をあげる。そして待《ま》ちに待《ま》ったそのコールを、スタジアム中《じゅう》に聞《き》こえる声《こえ》でひびかせた。

「ゲームセット!」

××年（鬼暦五十九年）4月28日　金曜日

夢をつかむ勝利!!!

桶狭間ファルコンズ快勝

OKEHAZAMA Falcons

剣豪VS戦国武将
勝敗をわけた山田の執念

桶狭間 5－4 巌流島

「地獄甲子園を開催する！」超
まった地獄甲子園。勝者には歴史を変えるチャンスがあたえられるとあって、参加者の鼻息は荒い。中でも剣豪集団、地獄山口県代表、巌流島ソードマス
…士気はすさまじかった。

1回にいきなり桶狭間をピッチャー佐々木がかんぺきにおさえると、打線はその裏に2点をうばった。士気も高くこのまま巌流島が圧倒するかと思われた矢先、桶狭間の反撃がはじまった。織田が佐々木のペース
すと、前田が特大のスリー
で試合をひっくりかえす。
後はさらに巌流島が逆転
合は荒れ模様に。しかし
試合をきめる快音を鳴ら
は、やはりこの男。桶狭
ルコンズの千両役者、織
外へ消えるど派手な逆
ランをはなつ。その裏
ンなかった山田が闘

第3種郵便物認可

地獄新聞

初戦突破に抱き合う山田&徳川バッテリー

◇地獄甲子園　42,000人
1回戦　1勝0敗

桶狭間	030	000	002	5
巌流島	200	000	200	4

勝山田
敗佐々木
本佐々木②　織田①　前田①
1点を追う桶狭間は9回に織田が勝ち越しのホームラン。巌流島も裏にチャンスをむかえるが山田が渾身のストレートで4番の佐々木を空ぶり三振に。見事な逆転劇を演出した。

桶狭間	打	安	点	本	率
(右)豊臣秀吉	3	0	0		.000
(中)井伊直虎	4	1	0		.250
(遊)毛利元就	3	0	0		.000
(一)織田信長	4	2	2	①	.500
(二)真田幸村	4	1	0		.250
(捕)徳川家康	2	0	0		.000
(左)前田慶次	3	1	3	①	.333
(三)伊達政宗	3	0	0		.000
(投)山田虎太郎	3	0	0		.000

巌流島	打	安	点	本	率
(中)上泉信綱	4	0	0		.000
(三)柳生十兵衛	4	1	0		.250
(捕)宮本武蔵	5	2	0		.400
(投)佐々木小次郎	4	2	4	②	.500
(右)アーサー王	3	0	0		.000
(左)塚原卜伝	4	2	0		.500
(遊)伊東一刀斎	4	1	0		.250
(一)桃太郎	3	1	0		.333
(二)石川五右衛門	3	0	0		.000

投手	回	打	安	振	球	責
[illegible]	[illegible]	40	9	11	5	4

スリーランホームランをはなった
○前田慶次（桶）
2回表に逆転となる3打点。
「佐々木小次郎がおれをおさえようと
たからな～。おれもやる気がでるって
かぶき者の反骨心は健在だ。

調子をとりもどした
○山田虎太郎（桶）
序盤は苦戦も9回には圧巻の投球。
「ちょっと目標を見失っていました
んのおかげでなんとかなりました」

一時はリードも逆転を許す
●佐々木小次郎（巌）
最後は惜しくも空ぶり。
「負けはしたがサムライの野球はで
少なだったが、声はどうどうとした

カキをに
配だったが、佐々木
最後のボールは天
噂どおりのすごい
試合後も山田は「
としませんでした
よかったです。調
したきっかけ?
の夢を確認でき

「虎太郎《こたろう》どの。さいごのあのボールは、じつにたいしたものだった」

佐々木小次郎《ささきこじろう》がいうと、

「うむ。すっかりやられたわい」

宮本武蔵《みやもとむさし》もつづく。

試合後《しあいご》の地獄甲子園《じごくこうしえん》。熱闘《ねっとう》の空気《くうき》もおさまらない中《なか》、ぼくたちはたがいにむきあって整列《せいれつ》し、おちついたふんいきで言葉《ことば》をかわしていた。

「そんなことないよ。本当《ほんとう》に危《あぶ》なかったもん。でも、サムライの国《くに》にするっていうの、かなえられなくなってゴメンね」

ぼくは頭《あたま》をかいていった。

「そんなことはない。虎太郎《こたろう》どのよ」

佐々木小次郎《ささきこじろう》はあくしゅをもとめるように、ぼくへ手《て》をさしだした。

「現世《げんせ》に貴殿《きでん》のような者《もの》がいると知《し》り、我《われ》らは安心《あんしん》しておる。まだまだ現世《げんせ》もすてたものでもあるまい」

「そんなこといわれたら、てれちゃうけど」

ぼくが佐々木小次郎《ささきこじろう》の手《て》をにぎりかえすと、彼《かれ》はおだやかにわらった。

「てれる必要《ひつよう》などあるものか。現世《げんせ》のサムライよ。かならず夢《ゆめ》をかなえてくれ。たとえなにかにジャマされても、せっしゃたちが味方《みかた》であるということをわすれるな。ソードマスターズの夢《ゆめ》は、貴殿《きでん》に託《たく》す」

「――うん。かならず」

ぼくもわらっていった。なんだかこころが、サーッと晴《は》れていく気《き》がした。


「虎太郎《こたろう》よ」

両軍《りょうぐん》のあいさつを終《お》えると、信長《のぶなが》がピッチャーマウンドにぼくを呼《よ》んだ。近《ちか》づいてむきあうと、信長《のぶなが》は腕《うで》をくんで口《くち》をひらいた。

「どうだ。納得《なっとく》のいくピッチングはできたか？」

「……うん。なんとか」

にがわらいをうかべるけど、信長《のぶなが》は表情《ひょうじょう》を変《か》えない。

「ならば現世《げんせ》に帰《かえ》ったら、見《み》かえしてやれるな」

「もちろん！」

ぼくはひじをまげ、力《ちから》こぶをつくる動作《どうさ》をした。

「見《み》せてやるんだ。ぼくをわらったヤツに。みんなにもらった強《つよ》さを」

「――楽《たの》しみにしておる」

そういうと、信長《のぶなが》はやっと口《くち》のはしを持《も》ちあげて明《あか》るくわらった。するとファルコンズやソードマスターズのみんなからも、はげましの声《こえ》がわいた。

「ちょっと虎太郎《こたろう》、ぬいぐるみ持《も》って写真《しゃしん》とらせてくれないか？」

よくわからない井伊直虎《いいなおとら》の声《こえ》や、

「きび団子《だんご》、ひとつどうだ？」

ぼくをつろうとする桃太郎《ももたろう》。そして、

「必要《ひつよう》になったときに、地獄甲子園《じごくこうしえん》にまた呼《よ》ぶぞい。腕《うで》をみがいておけよ！」

いやな予感《よかん》しかしない秀吉《ひでよし》の声《こえ》がしたところで、

「じゃあ、虎太郎《こたろう》クン、そろそろ帰《かえ》ろうか」

ヒカルがぼくのそでをひっぱった。

「そうだね。おねがい。ヒカル」

ぼくがいうと、ヒカルはにっこりとうなずく。

そしてその羽《はね》をパタパタとあおぐようにはためかせると、地獄甲子園《じごくこうしえん》の土《つち》がまきあがり、ぼくの体《からだ》をつつみこんでいった。

するとぼくの体《からだ》は少《すこ》しずつふわふわとうきあがっていき、意識《いしき》はまるで眠《ねむ》る前《まえ》のように気《き》持《も》ちよくうすらいでいく。もう少《すこ》しで、現世《げんせ》に帰《かえ》れる……。

そう思《おも》いながら視界《しかい》がじょじょにせまくなってきたところで、ぼくは甲子園《こうしえん》の客席《きゃくせき》にいる、神経質《しんけいしつ》そうなやせた男《おとこ》のひとを目《め》にした。

あれは、ずいぶん以前《いぜん》にどこかで……。

ぼくは記憶《きおく》をたぐる。かぶとをかぶっていて、むすんだくちびるのはしに、うすわらいをうかべている。ちょっと気《き》むずかしそうなあのひとは……。

――そうだ。たしか明智光秀《あけちみつひで》……。

信長《のぶなが》の宿敵《しゅくてき》か……。

秀吉《ひでよし》が打倒《だとう》ファルコンズにもえているといっていた。それなら地獄甲子園《じごくこうしえん》でファルコン

ズが勝《か》ちつづけるかぎり、いずれ戦《たたか》うことがあるかもしれない。そのときに投《な》げるのは、
もしかするとぼくかも……。

どんなかたちであれ、信長《のぶなが》をたおしたことのあるひとだ。警戒《けいかい》がいる。

でも、――負《ま》けないぞ。

ぼくは自分《じぶん》の夢《ゆめ》につきすすむんだから……。

5章《しょう》　一生懸命《いっしょうけんめい》

	1	2	3	4	5	6	7	8	9	計	H	E
桶狭間	0	3	0	0	0	0	0	0	2	5	5	0
巌流島	2	0	0	0	0	0	2	0	0	4	9	0

OKEHAZAMA Falcons

1 豊臣　秀吉 右
2 井伊　直虎 中
3 毛利　元就 遊
4 織田　信長 一
5 真田　幸村 二
6 徳川　家康 捕
7 前田　慶次 左
8 伊達　政宗 三
9 山田虎太郎 投

B
S
O

UMPIRE

CH	1B	2B	3B
赤	青	黒	桃
鬼	鬼	鬼	鬼

巌流島 SWORD MASTERS

1 上泉　信綱 中
2 柳生十兵衛 三
3 宮本　武蔵 捕
4 佐々木小次郎 投
5 アーサー王 右
6 塚原　卜伝 左
7 伊東一刀斎 遊
8 桃　太　郎 一
9 石川五右衛門 二

一週間後《いっしゅうかんご》の現世《げんせ》

今日《きょう》は地元《じもと》の強豪《きょうごう》チームとの練習試合《れんしゅうじあい》。

ピッチャーはもちろんぼく。五回《かい》を投《な》げて、まだ相手《あいて》を0点《てん》におさえている。いまだって連続三振《れんぞくさんしん》をとってツーアウト。そして、

「これで、どうだっ！」

ぼくはキャッチャーミットにねらいをさだめると、力《ちから》いっぱいボールを投《な》げこむ。それは相手《あいて》の空《から》ぶりを誘《さそ》い、これで三振《さんしん》、バッターアウトでチェンジ。

「今日《きょう》はとくべつに調子《ちょうし》いいな、虎太郎《こたろう》」

「そうそう。またボールが速《はや》くなったんじゃないか？」

ベンチに帰《かえ》ると、チームメイトが声《こえ》をかけてくる。ぼくがわらってこたえていると、

「本当《ほんとう》にすごかったんだな、虎太郎《こたろう》……」

背中《せなか》から声《こえ》がした。

ふりかえるとベンチ裏《うら》には、前《まえ》、ぼくをわらった男子《だんし》たちがいた。ぼくが今日《きょう》、見《み》にきてって誘《さそ》ったんだ。

「ううん。まだまだだよ。もっと練習《れんしゅう》しないとプロになれないから。でも……」

「でも？」

「うん。でも、もうあきらめたりなんてしないよ。真剣《しんけん》だから。今日《きょう》は、それを見《み》てほしかったんだ」

「……前《まえ》は、悪《わる》かったよ」

その男子《だんし》はにがわらいでそういうと、もといた場所《ばしょ》へもどっていった。

――これで、よかったと思《おも》う。夢《ゆめ》にむかう一生懸命《いっしょうけんめい》さとか真剣《しんけん》さをわかってくれたなら、もうひとのことはわらったりしないだろうし。

ひとつひとつ、自分《じぶん》が正《ただ》しいと思《おも》った行動《こうどう》をしていかないと。だってぼくはサムライだから。

ぼくはそう思《おも》って、空《そら》を見《み》あげた。すると、

「その信念《しんねん》、しかと見届《みとど》けた！」

そんな声《こえ》が聞《き》こえてきて、それはわらったときの信長《のぶなが》と同《おな》じ声《こえ》な気《き》がした。

本《ほん》作《さく》品《ひん》に登《とう》場《じょう》する歴《れき》史《し》上《じょう》の人《じん》物《ぶつ》のエピソードは諸《しょ》説《せつ》ある伝《でん》記《き》から、物《もの》語《がたり》にそって構《こう》成《せい》しています。

集英社みらい文庫

戦国《せんごく》ベースボール

開幕《かいまく》！　地獄甲子園《じごくこうしえん》vs《バーサス》武蔵《むさし》&《アンド》小次郎《こじろう》

りょくち真太《しんた》　作

トリバタケハルノブ　絵

ファンレターのあて先
〒101-8050　東京都千代田区一ツ橋2-5-10　集英社みらい文庫編集部
いただいたお便りは編集部から先生におわたしいたします。

2017年 4月30日　第1刷発行
2019年 6月16日　第5刷発行

発行者　北畠輝幸
発行所　株式会社 集英社
〒101-8050　東京都千代田区一ツ橋2-5-10
電話　編集部 03-3230-6246
読者係 03-3230-6080
販売部 03-3230-6393(書店専用)
http://miraibunko.jp

装　丁　小松 昇(Rise Design Room)　中島由佳理
印　刷　大日本印刷株式会社　凸版印刷株式会社
製　本　大日本印刷株式会社

★この作品はフィクションです。実在の人物・団体・事件などにはいっさい関係ありません。

ISBN978-4-08-321367-0　C8293　N.D.C.913　186P　18cm

"全《ぜん》勝《しょう》"あるのみ!!
OKEHAZAMA
Falcons

5チーム対《たい》5チームの勝《か》ち抜《ぬ》き戦《せん》だったはずの地獄《じごく》ベースボール暗死苦《クラシック》。なぜか、こっちのチームは虎太郎《こたろう》たち桶狭間《おけはざま》ファルコンズのみ！　5試合全部《しあいぜんぶ》勝たないと負《ま》け！
過酷《かこく》な条件《じょうけん》で戦《たたか》いつづけるファルコンズに明日《あす》はあるのか!!?

地獄《じごく》ベースボール暗死苦《クラシック》編《へん》・第《だい》2戦《せん》

次《つぎ》なる相手《あいて》は“反逆者《はんぎゃくしゃ》”だらけの島原《しまばら》レジスタンス!!

栄光《えいこう》をつかむまで、
戦《たたか》いつづけろ、
ファルコンズ!!!

戦国《せんごく》ベースボール 第《だい》16弾《だん》

SENGOKU-BASEBALL

今夏発売予定《こんかはつばいよてい》！ 乞《こ》うご期待《きたい》！

楽《たの》しすぎる夢《ゆめ》の1冊《さつ》!!!

もしも…

戦国武将《せんごくぶしょう》が小学校《しょうがっこう》の先生《せんせい》だったら…!?

本能寺《ほんのうじ》の変《へん》で織田信長《おだのぶなが》が死《し》んでいなかったら…!?

大阪城《おおさかじょう》があべのハルカス級《きゅう》の高《たか》さだったら…!?

戦国武将《せんごくぶしょう》がYouTuber《ユーチューバー》だったら…!?

サッカー日本代表《にほんだいひょう》が戦国武将《せんごくぶしょう》イレブンだったら…!?

野球日本代表《やきゅうにほんだいひょう》が戦国武将《せんごくぶしょう》ナインだったら…!?

織田信長《おだのぶなが》が内閣総理大臣《ないかくそうりだいじん》だったら…!?

毛利元就《もうりもとなり》の「三本《さんぼん》の矢《や》」が折《お》れてしまったら…!?

武田信玄《たけだしんげん》の「風林火山《ふうりんかざん》」に一文字《ひともじ》くわえるなら…!?

上杉謙信《うえすぎけんしん》が義《ぎ》の武将《ぶしょう》ではなかったら…!?

いちばんは
誰《だれ》ですか!?

いちばんモテる武将《ぶしょう》は？

いちばんケンカの強《つよ》い武将《ぶしょう》は？

いちばん頭《あたま》のいい武将《ぶしょう》は？

いちばんダサいあだ名《な》の武将《ぶしょう》は？

いちばん教科書《きょうかしょ》で落書《らくが》きされた武将《ぶしょう》は？